EN CHILE

RUBÉN DARÍO

ÁLBUM PORTEÑO

I

EN BUSCA DE CUADROS

Sin pinceles, sin paleta, sin papel, sin lápiz, Ricardo, poeta lírico incorregible, huyendo de las agitaciones y turbulencias, de las máquinas y de los fardos, del ruido monótono de los tranvías y el chocar de las herraduras de los caballos con su repiqueteo de caracoles sobre las piedras; de las carreras de los corredores frente a la Bolsa, del tropel de los comerciantes; del grito de los vendedores de diarios; del incesante bullicio e inacabable hervor de este puerto; en busca de impresiones y de cuadros, subió al cerro Alegre que, gallardo como una gran roca florecida, luce sus flancos verdes, sus montículos coronados de casas risueñas escalonadas en la altura, rodeadas de jardines, con ondeantes cortinas de enredaderas, jaulas de pájaros, jarras de flores, rejas vistosas y niños rubios de caras angélicas.

Abajo estaban las techumbres de Valparaíso que hace transacciones, que anda a pie como una ráfaga, que puebla los almacenes e invade los bancos, que viste por la mañana torno crema o plomizo, a cuadros, con sombrero de paño, y por la noche bulle en la calle del Cabo con lustroso sombrero de copa, abrigo al brazo y guantes amarillos, viendo a la luz que brota de las vidrieras, los lindos rostros de las mujeres que pasan.

Más allá, el mar acerado, brumoso, los barcos en grupo, el horizonte azul y lejano. Arriba, entre opacidades, el sol.

Donde estaba el soñador empedernido, casi en lo más alto del cerro, apenas si se sentían los extremecimientos de abajo. Erraba él a lo largo del Camino de Cintura e iba pensando en idilios, con toda la augusta desfachatez de un poeta que fuera millonario.

Había allí aire fresco para sus pulmones, casas sobre cumbres, como nidos al viento, donde bien podía darse el gusto de colocar parejas enamoradas, y tenía además, el inmenso espacio azul, del cual, -él lo sabía perfectamente, los que hacen los salmos y los himnos pueden disponer como les vengan en antojo.

De pronto escuchó: -"¡Mary! ¡Mary!" Y él, que andaba a caza de impresiones y en busca de cuadros, volvió la vista.

II

ACUARELA

Había cerca un bello jardín, con más rosas que azules y más violetas que rosas. Un bello y pequeño jardín, con jarrones, pero sin estatuas, con una pita blanca, pero sin surtidores, cerca de una casita como hecha para un cuento dulce y feliz.

En la pita un cisne chapuzaba revolviendo el agua, sacudiendo las alas de un blancor de nieve, enarcando el cuello en la forma del brazo de una tira o del ansa de una ánfora, y moviendo el pico húmedo y con tal lustre como si fuese labrado en una ágata de color de rosa.

En la puerta de la casa, como extraída de una novela de Dickens , estaba una de esas viejas inglesas, únicas, solas, clásicas. Con la cofia encintada, los anteojos sobre la nariz, el cuerpo encorvado, las mejillas arrugadas, más con color de manzana madura y salud rica. Sobre la saya oscura, el delantal.

Llamaba:

-¡Mary!

El poeta vio llegar una joven de un rincón del jardín, hermosa, triunfal, sonriente; y no quiso tener tiempo sino para meditar en que son adorables los cabellos dorados, cuando flotan sobre las nucas marmóreas, y en que hay rostros que valen bien por un alba.

Luego, todo era delicioso. Aquellos quince años entre las rosas: -quince años, sí, los estaban pregonando unas pupilas serenas de niña, un seno apenas erguido, una frescura primaveral, y una falda hasta el tobillo que dejaba ver el comienzo turbador de una media de color carne;- aquellos rosales temblorosos que hacían ondular sus arcos verdes, aquellos, durazneros con sus ramilletes alegres donde se detenían al paso las mariposas errantes llenas de polvo de oro, y las libélulas de alas cristalinas e irisadas; aquel cisne en la ancha taza, esponjando el alabastro de sus plumas, y zabulléndose entre espumajeos y burbujas, con voluptuosidad, en la transparencia del agua; la casita limpia, pintada, apacible, de donde emergía como una onda de felicidad; y en la puerta la anciana, un invierno, en medio de toda aquella vida, cerca de Mary, una virginidad en flor.

Ricardo, poeta lírico que andaba a caza de cuadros, estaba allí con la satisfacción de un goloso que paladea cosas esquisitas.

Y la anciana y la joven:

-¿Qué traes?

-Flores.

Mostraba Mary su falda llena como de iris hechos trizas, que revolvía con una de sus manos gráciles de ninfa, mientras sonriendo su linda boca purpurada, sus ojos abiertos en redondo dejaban ver un color de lapizlázuli y una humedad radiosa.

El poeta siguió adelante.

PAISAJE

A poco andar se detuvo.

El sol había roto el velo opaco de las nubes y bañaba de claridad áurea y perlada un recodo de camino. Allí unos cuantos sauces inclinaban sus cabelleras hasta rozar el césped. En el fondo se divisaban altos barrancos y en ellos tierra negra, tierra roja, pedruscos brillantes como vidrios. Bajo los sauce agobiados ramoneaban sacudiendo sus testas filosóficas -¡oh, gran maestro Hugo!- unos asnos; y cerca de ellos un buey, gordo, con sus grandes ojos melancólicos y pensativos donde ruedan miradas y ternuras de éxtasis supremos y desconocidos, mascaba despacioso y con cierta pereza la pastura. Sobre todo, flotaba un vaho cálido, y el grato olor campestre de las yerbas pisadas. Veíase en lo profundo un trozo de azul. Un huaso robusto, uno de esos fuertes campesinos, toscos hércules que detienen un toro, apareció de pronto en lo más alto de los barrancos. Tenía tras de sí el vasto cielo. Las piernas, todas músculos, las llevaba desnudas. En uno de sus brazos traía una cuerda gruesa y arrollada. Sobre su cabeza, como un gorro de nutria, sus cabellos enmarañados, tupidos, salvages.

Llegose al buey en seguida y le echó el lazo a los cuernos. Cerca de él. Un perro con la lengua de fuera, acezando, movía el rabo y daba brincos.

-¡Bien! -dijo Ricardo.

Y pasó.

IV

AGUA FUERTE

Pero ¿para donde diablos iba?

Y se entró en una casa cercana de donde salía un ruido metálico y acompasado.

En un recinto estrecho, entre paredes llenas de hollín, negras, muy negras, trabajaban unos hombres en la forja. Uno movía el fuelle que resoplaba, haciendo crepitar el carbón, lanzando torbellinos de chispas y llamas como lenguas pálidas, áureas, azulejas, resplandecientes. Al brillo del fuego en que se enrojecían largas barras de hierro, se miraban los rostros de los obreros con un reflejo trémulo. Tres yunques ensamblados en toscos armazones resistían el batir de los machos que aplastaban el metal candente, haciendo saltar una lluvia enrojecida. Los forjadores vestían camisas de lana de cuellos abiertos, y largos delantales de enero. Alcanzábaseles a ver el pescuezo gordo y el principio del pecho velludo; y salían de las mangas holgadas los brazos gigantescos, donde, como en los de Amico, parecían los músculos redondas piedras de las que deslavan y pulen los torrentes. En aquella negrura de caverna, al resplandor de las llamaradas, tenían tallas de cíclopes. A un lado, una ventanilla dejaba pasar apenas un haz de rayos de sol. A la entrada de la forja, como en un marco oscuro, una muchacha blanca comía uvas. Y sobre aquel fondo de hollín y de carbón, sus hombros delicados y tersos que estaban desnudos, hacían resaltar su bello color de lis, con un casi imperceptible tono dorado.

Ricardo pensaba:

-Decididamente, una excursión feliz al país del arte...

V

LA VIRGEN DE LA PALOMA

Anduvo, anduvo.

Volvía ya a su morada. Dirigíase el ascensor cuando oyó una risa infantil, armónica, y él, poeta incorregible, buscó los labios de donde brotaba aquella risa.

Bajo un cortinaje de madreselvas, entre plantas olorosas y maceteros floridos, estaba una mujer pálida, augusta, madre, con un niño tierno y risueño. Sosteníale en uno de sus brazos, el otro lo tenía en alto, y en la mano una paloma, una de esas palomas albísimas que arrullan a sus pichones de alas tornasoladas, inflando el buche como un seno de virgen, y abriendo el pico de donde brota la dulce música de su caricia.

La madre mostraba al niño la paloma, y el niño en su afán de cogerla, abría los ojos, estiraba los bracitos, reía gozoso; y su rostro al sol tenía como un nimbo; y la madre con la tierna beatitud de sus miradas, con su esbeltez solemne y gentil, con la aurora en las pupilas y la bendición y el beso en los labios, era como una azucena sagrada, como una María llena de gracia, irradiando la luz de un candor inefable. El niño Jesús, real como un dios infante, precioso como un querubín paradisíaco, quería asir aquella paloma blanca, bajo la cúpula inmensa del cielo azul.

Ricardo descendió, y tomó el camino de su casa.

VI

LA CABEZA

Por la noche, sonando aún en sus oídos la música del Odeón, y los parlamentos de Astol; de vuelta de las calles donde escuchara el ruido de los coches y la triste melopea de los tortilleros, aquel soñador se encontraba en su mesa de trabajo, donde las cuartillas inmaculadas estaban esperando las silvas y los sonetos de costumbre, a las mujeres de los ojos ardientes.

¡Uf!...

¡Qué silvas! ¡Qué sonetos! La cabeza del poeta lírico era una orgía de colores y de sonidos. Resonaban en las concavidades de aquel cerebro martilleos de cíclopes, himnos al son de tímpanos sonoros, fanfarrias bárbaras, risas cristalinas, gorjeos de pájaros, batir de alas y estallar de besos, todo como en ritmos locos y revueltos. Y los colores agrupados, estaban como pétalos de capullos distintos confundidos en una bandeja, o como la endiablada mezcla de tintas que llena la paleta de un pintor...

Además...

ÁLBUM SANTIAGUÉS

I

ACUARELA

Primavera. Ya las azucenas floridas y llenas de miel han abierto sus cálices pálidos bajo el oro del sol. Ya los gorriones tornasolados, esos amantes acariciadores, adulan a las rosas frescas, esas opulentas y purpuradas emperatrices; ya el jasmín, flor sencilla, tachona los tupidos ramajes, como una blanca estrella sobre un cielo verde. Ya las damas elegantes visten sus trajes claros, dando al olvido las pieles y los abrigos invernales. Y mientras el sol se pone, sonrosando las nieves con una claridad suave, junto a los árboles de la Alameda que lucen sus cumbres resplandecientes en un polvo de luz, su esbeltez solemne y sus hojas nuevas, bulle un enjambre ajeno a ruido de música, de cuchicheos vagos y de palabras fugaces.

He aquí el cuadro. En primer término está la negrura de los coches que explende y quiebra los últimos reflejos solares, los caballos orgullosos con el brillo de sus arneces, y con sus cuellos estirados e inmóviles de brutos heráldicos; los cocheros taciturnos, en su quietud de indiferentes, luciendo sobre las largas libreas los botones metálicos flamantes; y en el fondo de los carruajes, reclinadas como odaliscas, erguidas como reinas, las mujeres rubias de los ojos soñadores, las que tienen cabelleras negras y rostros pálidos, las rosadas adolescentes que ríen con alegría de pájaro primaveral, bellezas lánguidas, hermosuras audaces, castos lirios albos y tentaciones ardientes.

En esa portezuela está un rostro apareciendo de modo que semeja el de un querubín, por aquélla ha salido una mano enguantada que se dijera de niño, y es de morena tal que llama los corazones, más allá se alcanza a ver un pie de Cenicienta con un zapatito oscuro y media lila, y acullá, gentil con sus gestos de diosa, bella con su color de marfil amapolado, su cuello real y la corona de su cabellera, está la Venus de Milo, no manca, sino con dos brazos, gruesos como los muslos de un querubín de Murillo, y vestida a la última moda de París, con ricas telas de Prá.

Más allá está el oleaje de los que van y vienen: parejas de enamorados, hermanos y hermanas, grupos de caballeritos irreprochables; todo en la confusión de los rostros, de las miradas, de los colorines, de los vestidos, de las capotas: resaltando a veces en el fondo negro y aceitoso de los elegantes dumas, una cara blanca de mujer, un sombrero de paja adornado de colibríes, de cintas o de plumas, y el inflado globo rojo, de goma, que pendiente de un hilo lleva un niño risueño, de medias azules, zapatos charolados y holgado cuello a la marinera.

En el fondo, los palacios elevan al azul la soberbia de sus fachadas, en las que los álamos erguidos rayan columnas hojosas entre el abejeo trémulo y desfalleciente de la tarde fugitiva.

UN RETRATO DE WATTEAU

Estáis en los misterios de un tocador. Estáis viendo ese brazo de ninfa, esas manos diminutas que empolvan el haz de rizos rubios de la cabellera espléndida. La araña de luces opacas derrama la languidez de su girándula por todo el recinto. Y he aquí que al volverse ese rostro, soñamos en los buenos tiempos pasados. Una marquesa, contemporánea de madama de Maintenon, solitaria en su gabinete, da las últimas manos a su tocado.

Todo está correcto, los cabellos que tienen todo el Oriente en sus hebras, empolvados y crespos, el cuello del corpiño, ancho y en forma de corazón, hasta dejar ver principio del seno firme y pulido; las mangas abiertas que muestran blancuras incitantes; el talle ceñido, que se balancea, y el rico faldellín de largos vuelos, y el pie pequeño en el zapato de tacones rojos.

Mirad las pupilas azules y húmedas, la boca de dibujo maravilloso, con una sonrisa enigmática de esfinge, quizá en recuerdo del amor galante, del madrigal recitado junto al tapiz de figuras pastoriles o mitológicas, o del beso a furto, tras la estatua de algún silvano, en la penumbra.

Vese la dama de pies a cabeza, entre dos grandes espejos; calcula el efecto de la mirada, del andar, de la sonrisa, del vello casi impalpable que agitará el viento de la danza en su nuca fragante y sonrosada. Y piensa, y suspira, y flota aquel suspiro en ese aire impregnado de aroma femenino que hay en un tocador de mujer.

Entretanto la contempla con sus ojos de mármol una Diana que se alza irresistible y desnuda sobre su plinto; y le ríe con audacia un sátiro de bronce que sostiene entre los pámpanos de su cabeza un candelabro; y en el ansa de un jarrón de Rouen lleno de agua perfumada, le tiende los brazos y los pechos una sirena con la cola corva y brillante de escamas argentinas, mientras en el plafond en forma de óvalo, va por el fondo inmenso y azulado sobre el lomo de un toro robusto y divino, la bella Europa, entre delfines áureos y tritones corpulentos que sobre el vasto ruido de las ondas, hacen vibrar el ronco estrépito de sus resonantes caracoles.

La hermosa está satisfecha; ya pone perlas en la garganta y calza las manos en seda, ya rápida se dirige a la puerta donde el carruaje espera y el tronco piafa. Y hela ahí, vanidosa y gentil, a esa aristocrática santiaguesa que se dirige a un baile de fantasía de manera que el gran Watteau le dedicaría sus pinceles.

III

NATURALEZA MUERTA

He visto ayer por una ventana un tiesto lleno de lilas y de rosas pálidas, sobre un trípode. Por fondo tenía uno de esos cortinajes amarillos y opulentos, que hacen pensar en los mantos de los príncipes orientales. Las lilas recién cortadas resaltaban con su lindo color apacible, junto a los pétalos esponjados de las rosas té.

Junto al tiesto, en una copa de laca ordenada con ibis de oro incrustados, incitaban a la gula manzanas frescas, medio coloradas, con la pelusilla de la fruta nueva y la sabrosa carne hinchada que toca el deseo; peras doradas y apetitosas, que daban indicios de ser todas jugo, y como esperando el cuchillo de plata que debía rebanar la pulpa almibarada; y un ramillete de uvas negras, hasta con el polvillo ceniciento de los racimos acabados de arrancar de la viña.

Acérqueme, vilo de cerca todo. Las lilas y las rosas eran de cera, las manzanas y las peras de mármol pintado, y las uvas de cristal.

¡Naturaleza muerta!

AL CARBÓN

Vibraba el órgano con sus voces trémulas, vibraba acompañando la antífona, llenando la nave con su armonía gloriosa. Los cirios ardían goteando sus lágrimas de cera entre la nube de incienso que inundaba los ámbitos del templo con su aroma sagrado; y allá en el altar el sacerdote, todo resplandeciente de oro, alzaba la custodia cubierta de pedrería, bendiciendo a la muchedumbre arrodillada.

De pronto, volví la vista cerca de mí, al lado de un ángulo de sombra. Había una mujer que oraba. Vestida de negro, envuelta en un manto, su rostro se destacaba severo, sublime, teniendo por fondo la vaga oscuridad de un confesionario. Era una bella faz de ángel, con la plegaria en los ojos y en los labios. Había en su frente una palidez de flor de lis; y en la negrura de su manto resaltaban juntas, pequeñas, las manos blancas y adorables. Las luces se iban extinguiendo, y a cada momento aumentaba lo oscuro del fondo, y entonces como por un ofuscamiento, me parecía ver aquella faz iluminarse con una luz blanca y misteriosa, como la que debe de haber en la región de los coros prosternados y de los querubines ardientes; luz alba, polvo de nieve, claridad celeste, onda santa que baña los ramos de lirio de los bienaventurados.

Y aquel pálido rostro de virgen, envuelta ella en el manto y en la noche, en aquel rincón de sombra, habría sido un tema admirable para un estudio al carbón.

V

PAISAJE

Hay allá, en las orillas de la laguna de la Quinta, un sauce melancólico que moja de continuo su cabellera verde, en el agua que refleja el cielo y los ramajes, como si tuviese en su fondo un país encantado.

Al viejo sauce llegan aparejados los pájaros y los amantes. Allí es donde escuché una tarde, cuando del sol quedaba apenas en el cielo un tinte violeta que se esfumaba por ondas, y sobre el gran Andes nevado un decreciente color de rosa que era como una tímida caricia de la luz enamorada, un rumor de besos cerca del tronco agobiado y un aleteo en la cumbre.

Estaban los dos, la amada y el amado, en un banco rústico, bajo el toldo del sauce. Al frente, se extendía la laguna tranquila, con su puente enarcado y los árboles temblorosos de la ribera; y más allá se alzaba entre el verdor de las hojas la fachada del palacio de la Exposición, con sus cóndores de bronce en actitud de volar.

La dama era hermosa, él un gentil muchacho, que le acariciaba con los dedos y los labios, los cabellos negros y las manos gráciles de ninfa.

Y sobre las dos almas ardientes y sobre los dos cuerpos juntos, cuchicheaban en lengua rítmica y alada las dos aves. Y arriba el cielo con su inmensidad y con su fiesta de nubes, plumas de oro, alas de fuego, vellones de púrpura, fondos azules, flordelisados de ópalo, derramaba la magnificiencia de su pompa, la soberbia de su grandeza augusta.

Bajo las aguas se agitaban como en un remolino de sangre viva los peces veloces de aletas doradas.

Al resplandor crepuscular, todo el paisaje se veía como envuelto en una polvareda de sol tamizado, y eran el alma del cuadro aquellos dos amantes, él moreno, gallardo, vigoroso, con una barba fina y sedosa, de esas que gustan de tocar las mujeres; ella rubia, -¡un verso de Goethe!- vestida con un traje gris lustroso, y en el pecho una rosa fresca, como su boca roja que pedía el beso.

EL IDEAL

Y luego, una torre de marfil, una flor mística, una estrella a quien enamorar... Pasó, la vi como quien viera un alba, huyente, rápida, implacable.

Era una estatua antigua con un alma que se asomaba a los ojos, ojos angelicales, todos ternura, todos cielo azul, todos enigma.

Sintió que la besaba con mis miradas y me castigó con la majestad de su belleza, y me vio como una reina y como una paloma. Pero pasó arrebatadora, triunfante, como una visión que deslumbra. Y yo, el pobre pintor de la naturaleza y de Psyquis, hacedor de ritmos y de castillos aéreos, vi el vestido luminoso de la hada, la estrella de su diadema, y pensé en la promesa ansiada del amor hermoso. Más de aquel rayo supremo y fatal, sólo quedó en el fondo de mi cerebro un rostro de mujer, un sueño azul...

Yo soñaba con París desde niño, a punto de que cuando hacía mis oraciones rogaba a Dios que no me dejase morir sin conocer París. París era para mí como un paraíso en donde se respirase la esencia de la felicidad sobre la tierra. Era la Ciudad del Arte, de la Belleza y de la Gloria; y, sobre todo, era la capital del Amor, el reino del Ensueño. E iba yo a conocer París, a realizar la mayor ansia de mi vida. Y cuando en la estación de Saint Lazare, pisé tierra parisiense, creí hallar suelo sagrado. Me hospedé en un hotel español, que por cierto ya no existe. Se hallaba situado cerca de la Bolsa, y se llamaba pomposamente Grand Hotel de la Bourse et des Ambassadeurs... Yo deposité en la caja, desde mi llegada, unos cuantos largos y prometedores rollos de brillantes y áureas águilas americanas de a veinte dólares. Desde el día siguiente tenía carruaje a todas horas en la puerta, y comencé mi conquista de París...

Apenas hablaba una que otra palabra de francés. Fui a buscar a Enrique Gómez Carrillo, que trabajaba entonces empleado en la casa del librero Garnier.

Carrillo, muy contento de mi llegada, apenas pudo acompañarme; por sus ocupaciones; pero me presentó a un español que tenía el tipo de un gallardo mozo, al mismo tiempo que muy marcada semejanza de rostro con Alfonso Daudet. Llevaba en París la vida del país de Bohemia, y tenía por querida a una verdadera marquesa de España. Era escritor de gran talento y vivía siempre en su sueño. Como yo, usaba y abusaba de los alcoholes; y fue mi iniciador en las correrías nocturnas del Barrio Latino. Era mi pobre amigo, muerto no hace mucho tiempo, Alejandro Sawa. Algunas veces me acompañaba también Carrillo, y con uno y otro conocí a poetas y escritores de París, a quienes había amado desde lejos.

Uno de mis grandes deseos era poder hablar con Verlaine. Cierta noche, en el café D'Harcourt, encontramos al Fauno, rodeado de equívocos acólitos.

Estaba igual al simulacro en que ha perpetuado su figura el arte maravilloso de Carriére. Se conocía que había bebido harto. Respondía de cuando en cuando, a las preguntas que le hacían sus acompañantes, golpeando interminentemente el mármol de la mesa. Nos acercamos con Sawa, me presentó: «Poeta americano, admirador, etc.». Yo murmuré en mal francés toda la devoción que me fue posible, concluí con la palabra gloria... Quién sabe qué habría pasado esta tarde al desventurado maestro; el caso es que, volviéndose a mí, y sin cesar de golpear la mesa, me dijo en voz baja y pectoral: «¡La gloire!... ¡La gloire!... ¡M... M... encore!...». Creí prudente retirarme, y esperar verle de nuevo una ocasión más propicia. Esto no lo pude lograr nunca, porque las noches que volví a encontrarle, se hallaba más o menos en el mismo estado; a aquello, en verdad, era triste, doloroso, grotesco y trágico. Pobre «¡Pauvre Lelian! ¡Priez potir le pauvre Gaspard!....».

Una mañana, después de pasar la noche en vela, llevó Alejandro Sawa a mi hotel a Charles Morice, que era entonces el crítico de los simbolistas. Hacía poco que había publicado su famoso libro La literature de toute a l'heure. Encontró sobre mi mesa unos cuantos libros, entre ellos un Walt Whitman, que no conocía. Se puso a hojear una edición guatemalteca de mi Azul, en que, por mal de mis pecados, incluí unos versos franceses, entre los cuales los hay que no son versos, pues yo ignoraba cuando los escribí muchas nociones de poética francesa. Entre ellas, pongo por caso, el buen uso de la «e» muda, que, aunque no se pronuncia en la conversación, o es pronunciada escasamente según el sistema de algunos declamadores, cuenta como sílaba para la medida del verso. Charles Morice fue bondadoso y, tuvimos, durante mi permanencia en París, buena amistad, que por cierto no hemos renovado en días anteriores. Con quien tuve más intimidad fue con Juan Moreas. A éste me presentó Carrillo, en una noche barriolatinesca. Ya he contado en otra ocasión nuestras largas conversaciones ante animadores bebedizos. Nuestras idas por la madrugada a los grandes mercados, a comer almendras verdes, o bien salchichas en los figones cercanos, donde se surten obreros y trabajadores de les Halles. Todo ello regado con vinos como el petit vin bleu y otros mostos populares. Moreas regresaba a su casa, situada por Montrouge, en tranvía, cuando ya el sol comenzaba a alumbrar las agitaciones de París despierto. Nuestras entrevistas se repetían casi todas las noches. Estaba el griego todavía joven; usaba su inseparable monóculo y se retorcía los bigotes de palíkaro, dogmatizando en sus cafés preferidos, sobre todo en el Vachetts, y hablando siempre de cosas de arte y de literatura. Como no quería escribir en los diarios, vivía principalmente de una pensión que le pasaba un tío suyo que era ministro en el gobierno del rey Jorge, en Atenas. Sabido es que su apellido no era Moreas, sino Papadiamantopoulos. Quien desee más detalles lea mi libro Los Raros. Me habían dicho que Moreas sabía español. No sabía ni una sola palabra. Ni él, ni Verlaine, aunque anunciaron ambos, en los primeros tiempos de la revista La Plume, que publicarían una traducción de La Vida es Sueño, de Calderón de la Barca. Siendo así como Verlaine solía pronunciar, con marcadísimo acento, estos versos de Góngora: «A batallas de amor campo de plumas»; Moreas, con su gran voz sonora, exclamaba: «No hay mal que por bien no venga»... O bien: en cuanto me veía: «¡Viva don Luis de Góngora y Argote!», y con el mismo tono, cuando divisaba a Carrillo, gritaba: «¡Don Diego Hurtado de Mendoza!». Tanto Verlaine como Moreas eran popularísimos en el Quartier, y andaban siempre rodeados de una corte de jóvenes poetas que, con el Pauvre Lelian, se aumentaban de gentes de la mala bohemia que no tenían que ver con el arte ni con la literatura.

Entre los verdaderos amigos de Verlaine, había uno que era un excelente poeta, Maurice Duplessis. Éste era un muchacho gallardo, que vestía elegante y extravagantemente, y que con Charles Maurras, que es hoy uno de los principales sostenedores del partido Orleanista, y con Ernesto Reynaud que es comisario de policía, formaban lo que se llamaba la escuela Romana, de que Moreas era el sumo Pontífice. A Duplessis, que fue desde entonces muy mi amigo, le he vuelto a ver recientemente pasando horas amargas y angustiosas, de las cuales le librara alguna vez y ocasionalmente la generosidad de un gran poeta argentino.

Yendo en una ocasión por los bulevares, oí que alguien me llamaba. Me encontré con un antiguo amigo chileno, Julio Bañados Espinosa, que había sido ministro principal de Balmaceda. Se ocupaba en escribir la historia de la administración de aquel infortunado presidente. Nos vimos repetidas veces. Me invitó a comer en un círculo de Esgrima y Artes, que no era otra cosa, en realidad, sino una casa de juego, como son muchos círculos de París. Allá me presentó al famoso Aurelien Scholl, ya viejo y siempre monoculizado. Se decía que el juego no era perseguido en ese club, porque la influencia de Scholl... pero no deseo repetir aquí murmuraciones bulevarderas.

Comía yo generalmente en el café Larue, situado enfrente de la Magdalena. Allí me inicié en aventuras de alta y fácil galantería. Ello no tiene importancia; mas he de recordar a quien me diese la primera ilusión de costoso amor parisién. Y vaya una grata memoria a la gallarda Marión Delorme, de victorhuguesco nombre, de guerra, y que habitaba entonces en la avenida Víctor Hugo. Era la cortesana de los más bellos hombros. Hoy vive en su casa de campo y da de comer a sus finas aves de corral. Los cafés y restaurants del bosque no tuvieron secretos para mí. Los días que pasé en la capital de las capitales, pude muy bien no olvidar a ningún irreflexivo rastaquouere. Pero los rollos de águilas iban mermando y era preciso disponer la partida a Buenos Aires. Así lo hice, no sin que mi codicioso hotelero, viendo que se le escapaba esa pera, como dicen los franceses, quisiese quedarse con el resto de mis oros, de lo cual me libró la intervención de un cónsul, y de mi buen amigo Tible Machado, que residía, también con cargo consular, en el puerto del Havre.

Me embarqué para la capital argentina, llevando como valet a un huesudo holandés que sin recomendación alguna se me presentó ofreciéndome sus servicios.

Y heme aquí, por fin, en la ansiada ciudad de Buenos Aires, a donde tanto había soñado llegar desde mi permanencia en Chile. Los diarios me saludaron muy bondadosamente. La Nación habló de su colaborador con términos de afecto, de simpatía y de entusiasmo, en líneas confiadas al talento de Julio Piquet. La Prensa me dio la bienvenida, también en frases finas y amables, con que me favoreciera la gentileza del ya glorioso Joaquín V. González.

Fui muy visitado en el hotel en donde me hospedaran. Uno de los primeros que llegaron a saludarme fue un gran poeta a quien yo admiraba desde mis años juveniles, muchos de cuyos versos se recitan en mi lejano país original: Rafael Obligado. Otro fue don Juan José García Velloso, aquel maestro sapiente y sensible, que vino de España, y que cantó y enseñó con inteligencia erudita y con cordial voluntad.

Presenté mi Carta Patente y fue reconocido por el gobierno argentino como Cónsul General de Colombia. Mi puesto no me dio ningún trabajo, pues no había nada que hacer, según me lo manifestara mi antecesor, el señor Samper, dado que no había casi colombianos en Buenos Aires y no existían transacciones ni cambios comerciales entre Colombia y la República Argentina.

Fui invitado a las reuniones literarias que daba en su casa don Rafael Obligado. Allí concurría lo más notable de la intelectualidad bonaerense. Se leían prosas y versos. Después se hacían observaciones y se discutía el valor de éstas. Allí me relacioné con el poeta y hombre de letras doctor Calixto Oyuela, cuya fama había llegado hacía tiempo a mis oídos. Conocía sus obras, muy celebradas en España. Talento de cepa castiza, seguía la corriente de las tradiciones clásicas, y en todas sus obras se encuentra la mayor corrección y el buen conocimiento del idioma. Me relacioné también con Alberto del Solar, chileno radicado en Buenos Aires, que se ha distinguido en la producción de novelas, obras dramáticas, ensayos y aun poesías. Con Federico Gamboa, entonces secretario de la Legación de México que animaba la conversación con oportunas anécdotas, con chispeantes arranques y con un buen humor contagioso e inalterable, y que ha producido notables piezas teatrales, novelas y otros libros amenos y llenos de interés. Con Domingo Martinto y Francisco Soto y Calvo, arribos cuñados de Obligado, ambos poetas y personas de distinción y afabilidad. Con el doctor Ernesto Quesada, letrado erudito, escritor bien nutrido y abundante, de un saber cosmopolita y políglota; y con otros más, pertenecientes al Buenos Aires estudioso y literario. El dueño de casa nos regalaba con la lectura de sus poesías, vibrantes de sentimiento o llameantes de patriotismo. Así pasábamos momentos inolvidables que ha recordado Federico Gamboa, con su estilo y lleno de sinceridad, en las páginas de su Diario.

Naturalmente que desde mi llegada me presenté a la redacción de La Nación, donde se me recibió con largueza y cariño. Dirigía el diario el inolvidable Bartolito Mitre. Lo encontré en su despacho fumando su inseparable largo cigarro italiano. Sentí a la inmediata, después de conversar un rato, la verdad de su amistad transparente y eficaz que se conservó hasta su muerte. Me llevó a presentarme a su padre el general, y me dejó allí, ante aquel varón de historia y de gloria, a quien yo no encontraba palabra que decir, después de haber murmurado una salutación emocionada. Me habló el general Mitre de Centro América y de sus historiadores Montufar, Ayón, Fernández; recordó al poeta guatemalteco Batres, autor de El Reloj, habló de otras cosas más. Me hizo algunas preguntas sobre el canal de Nicaragua. Estuvo suave y alentador en su manera seria y como triste, cual de hombre que se sabía ya dueño de la posteridad. Salí contentísimo.

Era administrador de La Nación don Enrique de Vedia. Alto, delgado, aspecto de figura de caballero del Greco. Grave y acerado, tenía una sólida y variada cultura y, un gusto excelente. A pesar de la diferencia de caracteres y de edades, cultivábamos la mejor amistad, y por indicación suya escribí muchos de los mejores artículos que publiqué en esa época en La Nación. Era subdirector del diario Aníbal Latino, esto es, José Ceppi, hombre al parecer un tanto adusto; pero dotado de actividad, de resistencia y de inmejorables condiciones para el puesto que desempeñaba. Secretario de redacción era Julio Piquet, experto catador de elixires intelectuales, escritor de sutiles pensares y de gentilezas de estilo, y que contribuía poderosamente a la confección de aquellos números nutridos de brillante colaboración del gran periódico, que se diría tenían carácter antológico. En la casa traté a crecido número de redactores y colaboradores, de los cuales unos han desaparecido y otros se han alejado, por ley del tiempo y de los cambios de la vida; pero ninguno fue más íntimo compañero mío que Roberto J. Payró, trabajador insigne, cerebro comprendedor e imaginador, que sin abandonar las tareas periodísticas ha podido producir obras de aliento en el teatro y en la novela. Fue asimismo amigo mío el autor de La Bolsa, José Miró, que firmaba con el pseudónimo de Julián Martel y cuya única obra auguraba una rica y aquilatada producción futura. El pobre Miró pasó en trabajosa bohemia y en consuetudinaria escasez, los mejores años de su juventud, y, ¡oh, ironías de la suerte!, después que murió de tuberculosis, se encontró que una parienta millonaria le había dejado en su testamento una fortuna.

Claro es que mi mayor número de relaciones estaba entre los jóvenes de letras, con quienes comencé a hacer vida nocturna, en cafés y cervecerías. Se comprende que la sobriedad no era nuestra principal virtud. Frecuentaba también a otros amigos que ya no eran jóvenes, como ese espíritu singular lleno de tan variadas luces y de quien emanaban una generosidad corriente simpática y un contagio de vitalidad y de alegría, el doctor Eduardo L. Holemberg; o bien el hoy célebre americanista Ambrosetti, que ilustraba nuestras charlas con sus ilustrativas narraciones. Con Payró nos juntábamos en compañía del bizarro poeta, entonces casi un efebo, pero ya encendido de cosas libertarias, Alberto Ghiraldo; de Manuel Argerich, cariñoso dandy, que escribió para el teatro; del excelente aeda suizo Charles Soussens, fiel a sus principios de nocturnidad; de José Ingenieros, hoy psiquiatra eminente; de José Pardo, que fundara varias revistas; de Diego Fernández Espiro, el mosquetero de los sonantes sonetos; del encantador veterano Antonino Lamberti, a quien los manes de Anacreonte bendicen, y a quien las Gracias y las Musas han sido siempre propicias y halagadoras.

Otro de mis amigos, que ha sido siempre fraternal conmigo, era Charles E. F. Vale, un inglés criollo incomparable.

Una noche, con motivo del aniversario de la reina Victoria, le dicté en el restaurant de Las 14 provincias, un pequeño poema en prosa dedicado a su soberana, que él escribió a falta de papel en unos cuantos sobres y que no ha aparecido en ninguno de mis libros. Ese poemita es el siguiente:

God save the Queen

To my friend C. E. F. Vale.

Por ser una de las más fuertes y poderosas tierras de poesía;

Por ser la madre de Shakespeare;

Porque tus hombres son bizarros y bravos, en guerras y en olímpicos juegos;

Porque en tu jardín nace la mejor flor de las primaveras y en tu cielo se manifiesta el más triste sol de los inviernos;

Canto a tu reina, oh grande y soberbia Britania, con el verso que repiten los labios de todos tus hijos;

God save the Queen

Tus mujeres tienen los cuellos de los cisnes y la blancura de las rosas blancas;

Tus montañas están impregnadas de leyenda, tu tradición es una mina de oro, tu historia una mina de hierro, tu poesía una mina de diamantes;

En los mares, tu bandera es conocida de todas las espumas y de todos los vientos, a punto de que la tempestad ha podido pedir carta de ciudadanía inglesa:

Por tu fuerza, oh Inglaterra:

God save the Queen

Porque albergaste en una de tus islas a Víctor Hugo;

Porque sobre el hervor de tus trabajadores, el tráfago de tus marinos y la labor incógnita de tus mineros, tienes artistas que te visten de sedas de amor, de oros de gloria, de perlas líricas;

Porque en tu escudo está la unión de la fortaleza y del ensueño, en el león simbólico de los reyes y unicornio amigo de las vírgenes y hermano del Pegaso de los soñadores:

God save the Queen

Por tus pastores que dicen los salmos y tus padres de familia que en las horas tranquilas leen en alta voz el poeta favorito junto a la chimenea.

Por tus princesas incomparables y tu nobleza secular;

Por San Jorge, vencedor del Dragón; por el espíritu del gran Will y los versos de Swinburne y Tennyson;

Por tus muchachas ágiles, leche y risa, frescas y tentadoras como manzanas;

Por tus mozos fuertes que aman los ejercicios corporales; por tus scholars familiarizados con Platón, remeros o poetas;

God save the Queen

24/69

Envío

Reina y emperatriz, adorada de tu inmenso pueblo, madre de reyes, Victoria favorecida por la influencia de Nile; solemne viuda vestida de negro, adorada del príncipe amado; Señora del mar, Señora del país de los elefantes. Defensora de la Fe, poderosa y gloriosa anciana, el himno que te saluda se oiga hoy por toda la tierra: Reina buena: «¡Dios te salve!».

Comencé a publicar en La Nación una serie de artículos sobre los principales poetas y escritores que entonces me parecieron raros, o fuera de lo común. A algunos les había conocido personalmente, a otros por sus libros. La publicación de la serie de Los raros que después formó un volumen, causó en el Río de la Plata excelente impresión, sobre todo entre la juventud de letras, a quien se revelaban nuevas maneras de pensamiento y de belleza. Cierto que había en mis exposiciones, juicios y comentos, quizás demasiado entusiasmo; pero de ello no me arrepiento, porque el entusiasmo es una virtud juvenil que siempre ha sido productora de cosas brillantes y hermosas; mantiene la fe y aviva la esperanza. Uno de mis artículos me valió una Carta de la célebre escritora francesa, Mme. Alfred Valette que firma con el pseudónimo de Rachilde, carta interesante y llena de esprit, en que me invitaba a visitarla en la redacción del Mercure de France cuando yo llegase a París. A los que me conocen no les extrañará que no haya hecho tal visita durante más de doce años de permanencia fija en la vecindad de la redacción del Mercure. He sido poco aficionado a tratarme con esos chermaitre, franceses, pues algunos que he entrevisto me han parecido insoportables de pose y terribles de ignorancia de todo lo extranjero, principalmente en lo referente a intelectualidad.

Pasaba, pues, mi vida bonaerense escribiendo artículos para La Nación, y versos que fueron más tarde mis Prosas Profanas; y buscando, por la noche, el peligroso encanto de los paraísos artificiales. Me quedaba todavía en el Banco Español del Río de la Plata algún resto de mis águilas americanas; pero éstas volaron pronto, por el peregrino sistema que yo tenía de manejar fondos. Me acompañaba un extraordinario secretario francés, que me encontré no sé dónde, y que me sedujo hablándome de sus aventuras de Indo-China. Considerad, que me contaba: «Una vez en Saigón» o bien: «Aquella tarde en Singapour...», o bien: «Entonces me contestó mi amigo el Maradjad...». ¡No solamente le hice mi secretario, sino que él llevaba en el bolsillo mi libro de cheques! Felizmente, cuando volaron todas las águilas, voló él también, con su larga nariz, su infaltable sombrero de copa y su largo levitón.

Vino la noticia de la muerte del doctor Rafael Núñez y pocos meses después recibí nota de Bogotá, en que se me anunciaba la supresión de mi consulado. Me quedé sujeto a lo que ganaba en La Nación y luego a un buen sueldo que por inspiración providencial, me señaló en La Tribuna su director, ese escritor de bríos y gracias que se firmaba Juan Cancio y que no es otro que mi buen amigo Mariano de Vedia. Mi obligación era escribir todos los días una nota larga o corta, en prosa o verso, en el periódico. Después me invitó a colaborar en su diario. El Tiempo el generoso y culto Carlos Vega Belgrano, que luego sufragó los gastos para la publicación de mi volumen de versos Prosas Profanas.

Prosas Profanas, cuya sencillez y poca complicación se pueden apreciar hoy, causaron al aparecer, primero en periódicos y después en libro, gran escándalo entre los seguidores de la tradición y del dogma académico; y no escasearon los ataques y las censuras y mucho, menos las bravas defensas de impertérritos y decididos soldados de nuestra naciente reforma. Muchos de los contrarios se sorprendieron hasta del título del libro, olvidando las prosas latinas de la Iglesia, seguidas por Mallarmé en la dedicada al Des Esseint de Huysmans; y sobre todo, las que hizo en roman paladino, uno de los primitivos de la castellana lírica. José Enrique Rodó explicó y Remy de Gourmont me había manifestado ya respecto a dicho título, en una carta: «C'est une trouvaille». De todas esas poesías ha hecho el autor de Motivos de Proteo una encantadora exégesis.

Una de ellas, la titulada Era un aire suave, fue escrita en edad de ilusiones y de sueños y evocada en esta ciudad práctica y activa, un bello tiempo pasado, ambiente del siglo XVIII francés, visión imaginaria traducida en nuevas verdades músicas. Ella dice la eterna ligereza cruel de aquella a quien un aristocrático poeta llamara Enfant Malade, y trece veces impura; la que nos da los más dulces y los más amargos instantes en la vida; la Eulalia simbólica que ríe, ríe, ríe, desde el instante en que tendió a Adán la manzana paradisíaca. Como siempre, hubo sus aplausos y sus críticas, en las cuales, gente que había oído hablar de decadentes y de simbolistas, aseguraban ser mis producciones ininteligibles, censura cuya causa no he podido nunca comprender. Como he dicho, había también quienes me seguían y me aplaudían; y tiempo después debían aquí repetirse por la obra de otros poetas de libertad y de audacia, iguales censuras, como también iguales aplausos.

Mi poesía Divagación fue escrita en horas de soledad y de aislamiento que fui a pasar en el Tigre Hotel. ¿Tenía yo algunos amoríos? No lo sabré decir ahora. Es el caso que en esos versos hay una gran sed amorosa y en la manifestación de los deseos y en la invitación a la pasión, se hace algo como una especie de geografía erótica. El poema concluía así:

... Amor, en fin, que todo diga y cante

Amor que encante y deje sorprendida

A la serpiente de ojos de diamante

Que está enroscada al árbol de la vida.

Ámame así, fatal, cosmopolita,

Universal, inmensa, única, sola

Y todas, misteriosa y erudita;

Ámame mar y nube; espuma y ola.

Sé mi reina de Saba mi tesoro;

Descansa en mis palacios solitarios.

Duerme. Yo encenderé los incensarios

Y junto a mi unicornio cuerno de oro

Tendrán rosas y miel tus dromedarios.

Luego vienen otras poesías que han llegado a ser de las conocidas y repetidas en España y América, como la Sonatina, por ejemplo, que por sus particularidades de ejecución, yo no sé por qué no ha tentado a algún compositor para ponerle música. La observación no es mía. «Pienso, dice Rodó, que la Sonatina hallaría su comentario mejor en el acompañamiento de una voz femenina que le prestara melodioso realce. El poeta mismo ha ahorrado a la crítica la tarea de clasificar esa composición, dándole un nombre que plenamente la caracterizaba. Se cultiva casi exclusivamente en ella, la virtud musical de la palabra y del ritmo poético». En efecto, la musicalidad en este caso, sugiere o ayuda a la concepción de la imagen soñada.

Blasón es el título de otra corta poesía, que fue escrita en Madrid en el tiempo de las fiestas del Centenario de Colón. Tuve allí oportunidad de conocer a un gentil hombre, diplomático centroamericano, casado con una alta dama francesa, como que es, por sus primeras nupcias, la madre del actual jefe de la casa de Gontaut-Biron, el conde de Gontaut Saint-Blancard. Me refiero a la marquesa de Peralta. En el álbum de tal señora, celebré la nobleza y la gracia de un ave insigne, el cisne. Después están las alabanzas a los «ojos negros de Julia». ¿Qué Julia? Lo ignoro ahora. Sed benévolos ante tamaña ingratitud con la belleza. Porque, ciertamente, debió de ser bella la dama que inspiró las estrofas de que trato, en loor de los ojos negros, ojos que, al menos en aquel instante, eran los preferidos. Luego será un recuerdo galante en el escenario del siempre deseado París. Pierrot, el blanco poeta, encarna el amor lunar, vago y melancólico, de los líricos sensitivos. Es el carnaval. La alegría ruidosa de la gran ciudad se extiende en calles y bulevares. El poeta y su ilusión, encarnada en una fugitiva y harto amorosa parisién, certifica, por la fatalidad de la vida, la tristeza de la desilusión y el desvanecimiento de los mejores encantos. Rodó -a quien siempre habría que citar tratándose de Prosas Profanas- ha dicho cosas deliciosas a propósito de estos versos.

Hay en el tomo de Prosas Profanas un pequeño poema en prosa rimada, de fecha muy anterior a las poesías escritas en Buenos Aires, pero que por la novedad de la manera llamó la atención. Está, se puede decir, calcado, en ciertos preciosos y armoniosos juegos que Catulle Mendes publicó con el título de Lieds de France. Catulle Mendes, a su vez, los había imitado de los poemitas maravillosos de Gaspard de la Nuit, y de estribillos o refranes de rondas populares. Me encontraba yo en la ciudad de New York, y una señorita cubana, que era prodigiosa en el arpa, me pidió le escribiese algo que en aquella dura y colosal Babel le hiciese recordar nuestras bellas y ardientes tierras tropicales. Tal fue el origen de esos aconsonantados ritmos que se titulan En el país del Sol.

Un soneto hay en ese libro que se puede decir ha tenido mayor suerte que todas mis otras composiciones, pues de los versos míos son los más conocidos, los que se recitan más, en tierra hispana como en nuestra América. Me refiero al soneto Margarita. Por cierto, la boga y el éxito se deben a la anécdota sentimental, a lo sencillo emotivo, y a que cada cual comprende y siente en sí el sollozo apasionado que hay en estos catorce versos. Entonces sí, ya habla caído yo en Buenos Aires en nuevas redes pasionales; y fui a ocultar mi idilio, mezclado a veces de tempestad, en el cercano pueblo de San Martín. ¿En dónde se encontrará, Dios mío, aquélla que quería ser una Margarita Gauthier, a quien no es cierto que la muerte haya deshojado, «por ver si me quería», como dice el verso, y que llegara a dominar tanto mis sentidos y potencias? ¡Quién sabe! Pero, si llegásemos a encontrarnos, es seguro que se realizaría lo que expresa la tan humana redondilla de Campoamor:

Pasan veinte años, vuelve él

y al verse, exclaman él y ella:

-¡Dios mío, y ésta es aquélla!

-¡Santo Dios, y éste es aquél!

Hay otra poesía en ese volumen, escrita en España en 1892, en la cual se ven ya los distintivos que han de caracterizar mi producción anterior, a pesar de que ese trabajo es castizo, de espíritu español puro, de acento, de tradición, de manera, de forma. Es en elogio de un metro popular, armonioso y cantante, la seguidilla. A ese tiempo también pertenecía el «pórtico» que escribí en Madrid para que sirviese de introducción a la colección de poesías que con el título de En tropel dio a luz el poeta Salvador Rueda.

La página blanca fue escrita en Buenos Aires, en casa del pobre Miguelito Ocampo. ¿Quién se acuerda de Miguelito Ocampo?... Hombre de corazón bueno, de natural ingenio, a quien se debe el primer ensayo de zarzuela cómica nacional argentina, y que hubiese quizás dejado una producción más copiosa e importante, si la peor de las bohemias no le arrebata, primero la voluntad y después la salud y la vida. En su casa escribí, como he dicho antes, La página blanca, en presencia de nuestro querido viejo Lamberti, a quien dediqué esos versos. Casi todas las composiciones de Prosas Profanas fueron escritas rápidamente, ya en la redacción de La Nación, ya en las mesas de los cafés, en el Aue's Keller, en la antigua casa de Lucio, en lo de Monti. El coloquio de los centauros lo concluí en La Nación, en la misma mesa en que Roberto Payró escribía uno de sus artículos. Tanto éstas como otras poesías exigirían bastantes exégesis y largas explicaciones, que a su tiempo se harán en este libro.

Otra hospitalidad de buen humor que me acogiera por esos días fue la del excelente amigo Rouquad. Allí rendíamos tributo a la gula, con platos suculentos que solía dirigir el dueño de casa. Allí llegaban, entre otros compañeros ya nombrados, un joven poeta de audacia y fantasía, que ha producido después libros muy plausibles. Se llamaba Américo Llanos, era de origen uruguayo y desempeña actualmente el consulado de su país en San Sebastián de España, con su verdadero nombre, Armando Vasseur. Iba también cierto ábate francés, de apellido Claude, que enseñaba su idioma al melodioso y elegante lírico de dorados cabellos, Eugenio Díaz Romero. Este ábate tenía una historia de las más escabrosas y que habría interesado a Barbey d'Aureville. Era sobrino de un cardenal. Había venido a la Argentina muy bien recomendado, pero al hombre le gustaban mucho los alcoholes, en especial la demoníaca agua verde del ajenjo. En una de las provincias colgó los hábitos, pues se había enamorado locamente de la mujer con quien tuvo varios hijos. Ella, atemorizada o arrepentida, le abandonó para casarse con otro; y poseyó al abate la mayor desesperación, y la desesperación y el veneno verde le llevaron casi a la locura. Volvió a Buenos Aires y entonces fue cuando le conocí. En La Nación he publicado una página en que narro cómo el general Mitre pudo socorrer una vez al infeliz religioso, en momentos de miseria y de angustia. Mucho tiempo después, se me apareció en París, el desventurado. Iba de nuevo vestido con sus ropas talares. Lo tenía recluido el arzobispo en un convento. Le dejaban salir muy de tarde en tarde y en compañía de algún otro sacerdote; pero esa vez llegó solo. Me contó sus horas de oración y de arrepentimiento, mas poco a poco se fue exaltando. -«Vamos, me dijo, a dar una vuelta». Yo le acompañé a la calle. Conversaba ya tranquilo, ya agitado, sobre todo cuando me recordaba a la mujer de quien estaba enamorado, y a sus hijos. Y como pasáramos cerca de un café: -«Entremos, me dijo, tengo mucha sed, tomaremos algún refresco». Por más que me opuse, vi que la cosa era irremediable. Entramos, y con asombro de los concurrentes, el abate, en vez de un refresco, ya comprenderéis que pidió su veneno. Yo me despedí más tarde. Al día siguiente llegó a verme de nuevo en un estado lamentable. Me dijo que todo aquello no era sino obra del demonio; que él estaba arrepentido y que para el mal de raíz, se iría a una cartuja que está en una isla cerca de Niza. Creí que todas esas promesas eran historias; pero el abate desapareció y a los pocos días recibía yo unas cuantas fotografías de la Cartuja y una carta en que el triste me anunciaba su definitiva separación del mundo. No volví a saber nunca más de él.

En la redacción de Tribuna me relacioné, por presentación de Mariano de Vedia, con el doctor Lorenzo Anadón, con el general Mansilla, y los poetas Carlos Roxlo y Christian Roeber. Mansilla simpatizó mucho conmigo y publicó a este respecto un precioso y chispeante artículo. Le visité. En su casa me mostró cosas curiosísimas, entre ellas el mejor retrato que yo haya visto de su tío don Juan Manuel de Rozas. Alcancé a conocer también a su madre, doña Agustina, la belleza célebre que aún resplandecía en su ancianidad, y a quien, cuando murió, deshojé uh ramillete de rosas literarias. El poeta Roxlo era de trato suave y delicado y no adivinaba yo en él al futuro vigoroso combatiente de las luchas políticas. Publicaba sus versos impregnados de perfume patrio y en los cuales hay sollozos de guitarra pampera, melancólicos aires rurales, y la revelación armoniosa de un profundo sentir. Roeber era tipo romántico y legendario. Su novela vital se contaba en voz baja. Se decía que, por drama de amores, lo que menos le había pasado era recibir una bala en la cabeza, en duelo, por lo cual tuvo que estar un tiempo encerrado en un manicomio. Es lo cierto que tenía un conocido título español, con el cual publicó una serie de traducciones de las novelas de cierto alegre y ha tiempo pasado de moda autor francés. Mansilla me dio una comida a la cual invitó a algunos intelectuales. Tengo presente la larga conversación que allí tuve con el doctor Celestino Pera, y la interesantísima facundia de nuestro anfitrión, que narrara amenos sucesos y prodigara agudas ocurrencias, felices frases, con ese poder de conversador ágil y oportuno que se ha reconocido en todas partes.

Fundé una revista literaria en unión de un joven poeta tan leído como exquisito, de origen boliviano. Ricardo Jaimes Freyre, actualmente vecino de Tucumán. Ricardo es hijo del conocido escritor, periodista y catedrático que ha publicado tan curiosas y sabrosas tradiciones desde hace largo tiempo, en su país de Bolivia, y que en Buenos Aires hizo aparecer un valioso volumen sobre el antiguo y fabuloso Potosí. Él y su hijo eran para mí excelentes amigos. Con Brocha Gorda, pseudónimo de Jaimes padre, solíamos hacer amenas excursiones teatrales, o bien por la isla de Maciel, pintoresca y alegre, o por las fondas y comedores italianos de La Boca, en donde saboreábamos pescados fritos, y pastas al jugo, regados con tintos chiantis y obscuros barolos. Quien haya conversado con Julio L. Jaimes, sabrá del señorito y del ingenio de los caballeros de antaño.

Con Ricardo no entrábamos por simbolismo y decadencias francesas, por cosas d'annunzianas, por prerrafaelismos ingleses y otras novedades de entonces, sin olvidar nuestras ancestrales Hitas y Berceos, y demás castizos autores. Fundamos, pues, la Revista de América, órgano de nuestra naciente revolución intelectual y que tuvo, como era de esperarse, vida precaria, por la escasez de nuestros fondos, la falta de suscripciones y, sobre todo, porque a los pocos números, un administrador italiano, de cuerpo bajito, de redonda cabeza calva y maneras untuosas, se escapó, llevándose los pocos dineros que habíamos podido recoger. Y así acabó nuestra entusiasta tentativa. Pero Ricardo se desquitó, dando a luz su libro de poesías Castalia Bárbara, que fue una de las mejores y más brillantes muestras de nuestros esfuerzos de renovadores. Allí se revelaba un lírico potente y delicado, sabio en técnica y elevado en numen.

Y se creó el grupo del Ateneo. Esta asociación, que produjo un considerable movimiento de ideas en Buenos Aires, estaba dirigida por reconocidos capitanes de la literatura, de la ciencia y del arte, Zuberbuhler, Alberto Williams, Julián Aguirre, Eduardo Schiaffino, Ernesto de la Cárcova, Sivori, Ballerini, de la Valle, Correa Morales y otros animaban el espíritu artístico: Vega Belgrano, don Rafael Obligado, don Juan José García Velloso, el doctor Oyuela, el doctor Ernesto Quesada, el doctor Norberto Piñeiro y algunas más, fomentaban las letras clásicas y las nacionales, y los más jóvenes alborotábamos la atmósfera con proclamaciones de libertad mental.

Yo hacía todo el daño que me era posible al dogmatismo hispano, al anquilosamiento académico, a la tradición hermosillesca, a lo pseudo-clásico, a lo pseudo-romántico, a lo pseudo-realista y naturalista y ponía a mis «raros» de Francia, de Italia, de Inglaterra, de Rusia, de Escandinavia, de Bélgica y aún de Holanda y de Portugal, sobre mi cabeza. Mis compañeros me seguían y me secundaban con denuedo. Exagerábamos, como era natural la nota. Un Benjamín de la tribu, Carlos Alberto Becu, publicó una plaquette, donde por primera vez aparecían en castellano versos libres a la manera francesa; pues los versos libres de Jaimes Freyre, eran combinaciones de versos normales castellanos. Becu hace tiempo abandonó sus inclinaciones líricas y es hoy un grave y sesudo internacionalista. Luis Perisso publicaba su Pensamiento de América, su traducción de Belkis, del portugués Eugenio de Castro y trabajaba porque se relacionaran los jóvenes intelectuales argentinos con los del resto de Hispano-América. Leopoldo Díaz escribía sus elegancias parnasianas, sus poemas de esfuerzo esotérico. Ángel de Estrada anunciaba con su producción el sutil e intenso poeta y el prosista artístico y sugestivo que es hoy. Con él y con Alberto Vergara Biedma, profundizador y elocuente, divagábamos sobre temas de belleza, Miguel Escalada, que abandonó a las generosas musas, burilaba o miniaba poemitas de singular y suave gracia. Eduardo de Ezcurra nos hablaba de su estética y nos citaba siempre a Campanella, uno de sus autores favoritos. Carlos Baires nos hacía pensar en trascendentes problemas, con sus iniciaciones filosóficas, Mauricio Nierenstein nos mostraba selecciones de las letras alemanas y nos instruía en asuntos talmúdicos. José Ingenieros, con su aguda voz y su agudo espíritu nos hacía vibrar en súbitos entusiasmos itálicos. José Pardo llevaba alguna página de pasión, y el bien de su sedoso carácter. José Ojeda nos ungía con el óleo de la música; y si hay otros que no vienen ahora a mi memoria, han de perdonármelo a causa del tiempo. Por esos días di en el Ateneo una conferencia en extremo laudatoria sobre el soñador lusitano Eugenio de Castro. De ese vibrante grupo del Ateneo brotaron muchos versos, muchas prosas; nacieron revistas de poca vida, y en nuestras modestas comidas a escote, creábamos alegría, salud y vitalidad para nuestras almas de luchadores y de réveurs. Un día apareció Lugones, audaz, joven, fuerte y fiero, como un cachorro de hecatónquero que viniera de una montaña sagrada. Llegaba de su Córdoba natal, con la seguridad de su triunfo y de su gloria. Nos leyó cosas que nos sedujeron y nos conquistaron. A poco estaba ya con Ingenieros redactando un periódico explosivo, en el cual mostraba un espíritu anárquico, intransigente y candente. Hacía prosas de detonación y relampagueo que iba más allá de León Bloy; y sonetos contra muffles que traspasaban los límites del más acre Laurent Taihade. Vega Belgrano lo llevó a El Tiempo, y allí aparecieron lucubraciones y páginas rítmicas de toda belleza, de todo atrevimiento y de toda juventud. Dio al público su libro Las montañas de oro, para mí el mejor de toda su obra, porque es donde se expone mayormente su genial potencia creadora, su gran penetración de lo misterioso del mundo; y porque hasta sus imperfecciones son como esos informes trozos de roca en donde se ve a los brillos del sol, el rico metal que la veta de la mina oculta en su entraña. Yo agité palmas y verdes ramos en ese advenimiento; y creí en el que venía, hoy crecido y en la plena y luminosa marcha de su triunfante genio.

Tres amigos médicos tuve, que fueron alternativamente los salvadores de mi salud. Fue el uno el doctor Francisco Sicardi, el novelista y poeta originalísimo, cuya obra extraordinaria y desigual tiene cosas tan grandes que pasan los límites de la simple literatura. Su Libro Extraño es de lo más inusitado y peregrino que haya producido una pluma en lengua castellana. El otro médico, era Martín Reibel, el fraternal e incomparable Hipócrates de los poetas, a quien Eduardo Talero, entre otros, debe la vida, y yo más de una vez el afianzamiento del más sacudido y atormentado de los organismos. El otro era Prudencio Plaza, con quien fui a pasar una temporada a la isla de Martín García, cuando él era médico de aquel lazareto. Pasamos allí horas plácidas; nos perfeccionábamos en el tiro del máuser; leíamos el Quijote, nos confiábamos las ilusiones de nuestros mutuos porvenires. Pero no olvidaré jamás la llegada de los cadáveres de enfermos sospechosos de alguna contagiosa enfermedad; ni una autopsia que vi hacer desde lejos, del cuerpo largo y bronceado de un hindú, pues era la primera vez, la primera y la única, que he visto ejecutar el horrible y sabio descuartizamiento. De Martín García envié a La Nación algunas correspondencias informativas firmadas con un pseudónimo.

Hice después un viaje a Bahía Blanca, en compañía del amigo Rouquaud. No era, por cierto, Bahía Blanca el emporio que es ahora; sin embargo, ya se hablaba mucho del futuro colosal que debería llegar para esa espléndida región argentina.

De Bahía Blanca partí para una estancia del doctor Argerich, y allí fue mi primera visita a la Pampa inmensa y poética. Poética, sí, para quien sepa comprender el vaho de arte que flota sobre ese inconmensurable océano de tierra, sobre todo en los crepúsculos vespertinos y en los amaneceres. Allí supe lo que era el mate matinal, junto al fogón, en compañía de los gauchos, rudos y primitivos, pero también poéticos. Allí nemrodicé, con excelente puntería, contra martinetas, avestruces, tordos y pechirrojos, y aun fáciles y poco avisadas vizcachas. Allí atisbé, con las botas dentro del agua, bandadas de patos, y perseguí a ese espía escandaloso del aire que se llama el teru-teru; allí anduve a caballo varios días, desde los amaneceres hasta los atardeceres; allí adquirí fuerzas y renové mi sangre, y fortifiqué mis nervios, y pasé, quizás, entre gentes sencillas y nada literarias, los más tranquilos días de mi existencia.

Retorné a Buenos Aires, y como el producto de mi labor periodística y literaria no me fuese suficiente para vivir, avino que el doctor Carlos Carlés, que era Director general de Correos y Telégrafos, me nombró su secretario particular. Yo cumplía cronométricamente con mis obligaciones, las cuales eran contestar una cantidad innumerable de cartas de recomendación que llegaban de todas partes de la República, y luego recibir a un ejército de solicitantes de empleos, que llevaban en persona sus cartas favorables. En las primeras no me faltaba el «Con el mayor gusto...» y «en la primera oportunidad...» o «En cuanto haya alguna vacante...». Y a los que llegaban, siempre les daba esperanzas: «vuelva usted otro día... Hablaré con el director... Lo tendré muy presente... Creo que usted conseguirá su puesto...». Y así la gente se iba contenta.

En la oficina tuve muy gratos amigos, como el activísimo y animado Juan Migoni y el no menos activo, aunque algo grave de intelectualidad y de estudio, Patricio Piñeiro Sorondo, con quien me extendía en largas pláticas, en los momentos de reposo, sobre asuntos teosóficos y otras filosofías. Cuando Leopoldo Lugones llegó, también de empleado, a esa repartición, formamos, lo digo con cierta modestia, un interesante trío. Cuando no contestaba yo cartas, escribía versos o artículos. En las quemantes horas del verano nos regocijaba en la secretaría la presencia de un alegre y moreno portero, que nos llevaba refrigerantes y riquísimas horchatas. Delante de mí pasaban las personas que iban a visitar al director; y recuerdo haber visto allí, por la primera vez, la noble figura del doctor Sáenz Peña, actual presidente de la República.

Como dejo escrito, con Lugones y Piñeiro Sorondo hablaba mucho sobre ciencias ocultas. Me había dado desde hacía largo tiempo a esta clase de estudios, y los abandoné a causa de mi extremada nerviosidad y por consejo de médicos amigos. Yo había, desde muy joven, tenido ocasión, si bien raras veces, de observar la presencia y la acción de las fuerzas misteriosas y extrañas, que aún no han llegado al conocimiento y dominio de la ciencia oficial. En Caras y Caretas ha aparecido una página mía, en que narro cómo en la plaza de la catedral de León, en Nicaragua, una madrugada vi y toqué una larva, una horrible materialización sepulcral, estando en mi sano y completo juicio.

También en La Nación, de Buenos Aires, he contado cómo en la ciudad de Guatemala tuve el anuncio psicofísico del fallecimiento de mi amigo el diplomático costarriqueño Jorge Castro Fernández, en los mismos momentos en que él moría en la ciudad de Panamá; y la pavorosa visión nocturna que tuvimos en San Salvador el escritor político Tranquilino Chacón, incrédulo y ateo; visión que nos llenó, más que de asombro, de espanto.

He contado también los casos de ese género, acontecidos a gentes de mi conocimiento. En París, con Leopoldo Lugones, hemos observado en el doctor Encausse, esto es, el célebre Papus, cosas interesantísimas; pero según lo dejo expresado, no he seguido en esa clase de investigaciones por temor justo a alguna perturbación cerebral.

No he de dejar en el tintero mis buenas relaciones con un clown inglés que ha divertido a tres generaciones de argentinos. Ya se comprenderá que trato de Frank Brown. Los que le conocen fuera de la pista saben que ese payaso es un gentleman; y que un artista, o un hombre de letras, tiene mucho que conversar con él. Sabe su Shakespeare mejor que muchos hombres que escriben. Es grave y casi melancólico, como todos aquellos que tienen por misión hacer reír. Hay que tener en cuenta que el arte del clown confina, en lo grotesco y en funambulesco, con lo trágico del delirio, con el ensueño y con las vaguedades y explosiones hilarantes de la alienación. Para manejar todo esto, se precisan una fuerte salud física y una vigorosa resistencia moral. Con Frank Brown hemos pasado repetidas horas, agradables y provechosas, y más de una vez ha aparecido su nombre en mis prosas y versos. Por ejemplo, en aquellos que empiezan:

«Franck Brown como los Hanlon Lee

sabe lo trágico de un paso

de payaso y es para mí

un buen jinete de Pegaso.

Salta del circo al cielo raso;

Banville le hubiera amado así;

Franck Brown, como los Hanlon Lee

sabe lo trágico de un paso...».

O en la siguiente medalla:

Anverso

«En el fondo de oro de la fiesta, en traje rojo u oro, oro o rojo saetado de estrellas, o recamado de una flora de seda, el rostro inaudito, máscara de risa cuasi por lo fijo y violento dolorosa, desciende de los Hanlon Lee, alado, elástico, Frank Brown, clown, aparece.

La contracción gelásmica se acompaña, de súbitos gritos y gestos, siendo el conjunto, demostración de cómo la risa, en lo bufo inglés, como en las marionetas macabras niponas, se constituye rayana, en su fondo, en lo trágico. El tono detona, en aflautados finales, o monólogo coloreado, fuertemente, de acentos de tirolesa, rayados de erres, mientras, saltante, avanza, batracio o acracio, magistral en su arte extraño, la figura que el ojo de Bebé agranda principal, miliunanochesca, deslumbrante, en única, múltiple, empero, apoteosis.

Las palabras sálenle en hipos: acaso el esfuerzo verbal continuando dolorosa meditación: Fuego de artificios cortado a veces de ausas, lazzi y gedeonería transcendente. Intimo con caballos, leones, perros, monos, cebras, hércules ecuyéres y tonys; Brown, con un gesto dominador, explícito, rige.

¡Music! ya se escucha: Tiempos de Buislay y Bell, ¡lejanos! Hoy, tiempo de Footit, tiempo de Frank Brown. ¿Qué hace, risueño risible, este clown, a las veces filosófico? Parodia a Shakespeare, Hamlet, no risueño, risible: «doloroso».

Reverso

«Este es el caballero Frank Brown», que tiene cara de Byron. Hombre, triste y serio; piensa. Su sonrisa, melancolía. (¿Acaso él no conoce a Durero?) Y como su mano ha acariciado tanto los animales, y los ojos de los seres inocentes y profundos le han contemplado tanto, su corazón se ha llenado de íntima bondad.

Es un hombre natural; su imperio, la fuerza y la dignidad. Es inglés, sabe de poetas.

Es inglés; tiene el culto del hogar, celoso de hembra y cachorro.

Obra con sana y firme voluntad. Su alma de payaso no se ha pintado nunca la cara. Si queréis verle de cerca, si queréis conversar de Shakespeare y de la bravura y de la vida justa y sencilla, de la naturaleza sagrada y de Dios y de los buenos hombres, id a casa de Luzio, después de la función del «San Martín», y veréis junto a una mesa, rodeado de amigos, al «hombre». Le reconoceréis por la cara de Byron.

Es inglés; toma whisky con soda».

Yo iba siempre a ver trabajar a mi amigo clown en su pista del teatro «San Martín». Una noche vi allí la demostración del talento especial del «payo» Roque, para ganarse amistades y hacerse simpático con sus habilidades y maneras, a toda clase de gentes. Había leído, por la tarde, la llegada en su yacht de un potentado inglés, el conde de Carnarvon, Lord Dudley, a quien acompañaba un príncipe indio, Duhlcep Sing. En el intermedio de la función del «San Martín» noté en un palco a un joven de tipo británico, acompañado de otro hombre moreno que tenía en su mano derecha un anillo con estupendo brillante negro. Estaba con ellos uno al parecer secretario. Me encontré con el «payo» y le dije: «¿Ha visto usted al Lord de Inglaterra y al Príncipe de la India?» y se lo señalé en el palco. Cuál no fue mi sorpresa, cuando al continuar la función vi a Roque sentado en el palco, en risueña conversación con los dos exóticos personajes. Más tarde llegué a casa de Luzio, y como viese, muy pasada la media noche, movimiento de mozos que subían a los altos con pavos trufados y botellas de champagne, pregunté qué fiesta había arriba, y un camarero me contestó: «Son unos príncipes que están de farra con el payo y unas artistas».

Cierto día llegué a la redacción de La Nación, a cuyo personal yo pertenecía como algo a manera de croque-mort, esto es, enterrador de celebridades, pues no moría un personaje europeo, principalmente poeta o escritor, sin que don Enrique de Vedia no me encargase el artículo necrológico. Por cierto que Mark Twain me jugó, una de sus pesadas bromas. Nos encontrábamos, mis compañeros de café y yo, sin un céntimo, al comenzar la noche, en casa de Monti; y aunque el bravo suizo nos hacía crédito, la situación era ardua. En esto, se me llamó por teléfono de La Nación. Fui inmediatamente y el administrador me mostró un cablegrama en que se anunciaba que el escritor norteamericano, famoso por su humorismo, Mark Twain, se encontraba en la agonía. «Es preciso, me dijo el señor de Vedia, que escriba usted un artículo extenso en seguida para que aparezca mañana con el retrato, pues seguramente esta noche llegará la noticia del fallecimiento». De más decir que yo puse manos a la obra con gran entusiasmo y con gran satisfacción y aprovechando ciertas apuntaciones que sobre el humorista yankee tenía desde hacía mucho tiempo. Volví, es evidente, a dar la buena nueva a los amigos que me esperaban en casa de Monti. La muerte de Mark Twain haría que tuviésemos dinero al día siguiente...

Cuando entregué mi trabajo les fui a buscar, para que cenáramos juntos y, por supuesto, pedimos una cena opípara y convenientemente humedecida. Las libaciones continuaron hasta el amanecer, entre nuestras habituales, literarias y anecdóticas charlas; y Charles Soussens, nuestro dionisiaco lírico helvético, se ofreció para ir a buscar al nacer el día, un número de La Nación a la imprenta. Así fue. Al poco rato le vimos aparecer desde lejos por la abierta puerta del restaurant. Traía un número del diario, pero alzaba los brazos y nos hacía gestos de desolación. Cuando llegó, con una faz triste, nos dijo: «¡No viene el artículo!». Nos pusimos serios. Desdoblé el periódico y me di cuenta de la penosa verdad. Un cablegrama anunciaba la agonía de Mark Twain, pero en otro se decía que los médicos concebían esperanzas... En otro, que se esperaba una pronta reacción y en otro que el enfermo estaba salvado y entraba en una franca mejoría... Y la salvación del escritor fue para nosotros un golpe rudo y un rasgo de humor muy propio del yankee, y del peor género... Felizmente, a propósito de la enfermedad, pude arreglar el artículo de otro modo y conseguir que pasara, algunos días después.

Fui, como queda dicho, cierto día, a la redacción del diario. Acababa de pasar la terrible guerra de España con los Estados Unidos. Conversando, Julio Piquet me informó de que La Nación deseaba enviar un redactor a España, para que escribiese sobre la situación en que había quedado la madre patria. «Estamos pensando en quién puede ir», me dijo. Le contestó inmediatamente. «¡Yo!». Fuimos juntos a hablar con el señor de Vedia y con el director. Se arregló todo en seguida. «¿Cuándo quiere usted partir?», me dijo el administrador. «¿Cuándo sale el primer vapor?» «Pasado mañana». - «¡Pues me embarcaré pasado mañana!».

Dos días después iba yo navegando con rumbo a Europa. Era el 3 de diciembre de 1898. En esta travesía no aconteció nada de particular, solamente algo que me da motivo para una rectificación. Recorriendo mi libro España Contemporánea veo que el episodio del capitán Andrews aconteció en este viaje y no anteriormente, como por explicable confusión de fecha -repito que no me valgo para estos recuerdos sino de mi memoria- lo he hecho aparecer.

Llegué a Barcelona y mi impresión fue lo más optimista posible. Celebré la vitalidad, el trabajo, lo bullicioso y pintoresco, el orgullo de las gentes de empresa y conquista, la energía del alma catalana, tanto en el soñador que siempre es un poco práctico, como en el menestral que siempre es un poco soñador. Noté lo arraigado del regionalismo intransigente y la sorda agitación del movimiento social, que más tarde habría de estallar en rojas explosiones. Hablé de las fábricas y de las artes; de los ricos burgueses y de los intelectuales, del leonardismo, de Santiago Rusiñol y de la fuerza de Ángel Guimerá, de ciertos rincones montmartrescos, de las alegres ramblas y de las voluptuosas mujeres.

Llegué a Madrid, que ya conocía, y hablé de su sabrosa pereza, de sus capas y de sus cafés. Escribía: «He buscado en el horizonte español las cimas que dejara no hace mucho tiempo, en todas las manifestaciones del alma nacional; Cánovas, muerto; Ruiz Zorrilla, muerto; Castelar, desilusionado y enfermo; Valera, ciego; Campoamor, mudo; Menéndez Pelayo... No está, por cierto, España para literaturas, amputada, doliente, vencida; pero los políticos del día parece que para nada se diesen cuenta del menoscabo sufrido, y agotan sus energías en chicanas interiores, en batallas de grupos aislados, en asuntos parciales de partidos, sin preocuparse de la suerte común, sin buscar el remedio del daño general, de las heridas en carne de la nación. No se sabe lo que puede venir. La hermana Ana no divisa nada desde la torre». Envié mis juicios al periódico, que formaron después un volumen.

Frecuenté la legación argentina, cuyo jefe era entonces un escritor eminente, el doctor Vicente G. Quesada. Intimé con el pintor Moreno Carbonero, con periodistas como el Marqués de Valdeiglesias, Moya, López Ballesteros, Ricardo Fuentes, Castrovido, mi compañero en La Nación Ladevese, Mariano de Cavia, y tantos otros. Volví a ver a Castelar, enfermo, decaído, entristecido, una ruina, en víspera de su muerte... Me juntaba siempre con antiguos camaradas como Alejandro Sawa, y con otros nuevos, como el charmeur Jacinto Benavente, el robusto vasco Baroja, otro vasco fuerte, Ramiro de Maeztu, Ruiz Contreras, Matheu y otros cuantos más; y un núcleo de jóvenes que debían adquirir más tarde un brillante nombre, los hermanos Machado, Antonio Palomero, renombrado como poeta humorístico bajo el nombre de «Gil Parado», los hermanos González Blanco, Cristóbal de Castro, Candamo, dos líricos admirables cada cual según su manera; Francisco Villaespesa y Juan R. Jiménez, «Caramanchel», Nilo Fabra, sutil poeta de sentimiento y de arte, el hoy triunfador Marquina y tantos más.

Iba algunas noches al camarín de los llamados, por antonomasia, Fernando y María, esto es, los señores Díaz de Mendoza, condes de Balazote, grandes de España y príncipes del teatro a quienes escribí sonoros alejandrinos cuando pusieron en escena el Cyrano, de Rostand.

En la librería de Fernando Fe, lugar de reunión vespertina de algunos hombres de letras, solía conversar con Eugenio Sellés, hoy marqués de Gerona, con Manuel del Palacio, poeta amable de ojos azules, que recordaba siempre con cariño sus días pasados en el Río de la Plata; con Manuel Bueno, ilustrado y combatido, célebre como crítico teatral y hoy diputado a Cortes; con Llanas de Aguilaniedo, autor de interesantes novelas y de un libro sobre ciencia penal. A don José Echegaray me presentó una noche Fernando Díaz de Mendoza. «Ustedes los americanos, me dijo, tienen instinto poético...». La frase me supo agridulce... Pero ¡vaya si lo teníamos...! Tiempos después firmaba yo con los escritores y poetas de la famosa protesta contra el homenaje nacional a Echegaray. Mi inquina era excesiva... «Juventud, divino tesoro...».

Visité de nuevo a Campoamor, a quien encontré en la más absoluta decadencia. Estaba, anotaba yo, «caduco, amargado de tiempo a su pesar, reducido a la inacción después de haber sido un hombre activo y jovial, casi imposibilitado de pies y manos, la facie penosa, el ojo sin elocuencia, la palabra poca y difícil, y cuando le dais la mano y os reconoce, se echa a llorar, y os habla escasamente de su tierra dolorida, de la vida que se va, de su impotencia, de su espera en la antesala de la muerte... os digo que es para salir de su presencia con el espíritu apretado de melancolía». En realidad, aquello era lamentable y doloroso. El poeta glorioso, el filósofo de humor y hondura, era un viejo infeliz a quien tenían que darle de comer como a los niños, un ser concluido en víspera de entrar a la tumba.

Doña Emilia Pardo Bazán continuaba dando sus escogidas reuniones. Allí solía aparecer ya ciego, pero siempre lleno de distinción, anciano impoluto y aristocrático, el autor de Pepita Jiménez. Allí me relacioné con el novelista y diplomático argentino Ocantos, con el doctor Tolosa Latour, con los cronistas mundanos «Montecristo» y «Kasabal», con el político Romero Robledo, con el popular Luis Taboada, y con algunas damas de la nobleza que no se ocupaban únicamente en modas, murmuraciones y asuntos cortesanos, sino que gustaban de departir con poetas y escritores: la condesa de Pino Hermoso y la marquesa de la Laguna, cuya hija Gloria tuviera celebridad más tarde por sus singulares encantos y su valentía de espíritu. Era yo también muy amigo de José Lázaro y Galdeano, director de la España Moderna y que tenía un verdadero museo de obras de arte, entre las cuales un pretendido Leonardo de Vinci.

Con Joaquín Dicenta fuimos compañeros de gran intimidad, apolíneos y nocturnos. Fuera de mis desvelos y expansiones de noctámbulo, presencié fiestas religiosas palatinas; fui a los toros y alcancé a ver a grandes toreros, como el Guerra. Teníamos inenarrables tenidas culinarias, de ambrosías y sobre todo de néctares, con el gran don Ramón María del Valle Inclán, Palomero, Bueno y nuestro querido amigo de Bolivia, Moisés Ascarruz. Me presentaron una tarde, como a un ser raro -«es genial y no usa corbata», me decían- a don Miguel de Unamuno, a quien no le agradaba, ya en aquel tiempo, que le llamaran el sabio profesor de la Universidad de Salamanca... Cultivaba su sostenido tema de antifrancesismo. Y era indudablemente un notable vasco original. El señor de Unamuno no conocía entonces a Sarmiento, y hablaba con cierto desdén, basado en pocas noticias, y en su particular humor, de las letras argentinas. Yo recuerdo que, a propósito de un artículo suyo, escribí otro, que concluía con el siguiente párrafo:

«Decadentismos literarios no pueden ser plaga entre nosotros; pero con París, que tanto preocupaba al señor de Unamuno, tenemos las más frecuentes y mejores relaciones. Buena parte de nuestros diarios es escrita por franceses. Las últimas obras de Daudet y de Zola, han sido publicadas por La Nación al mismo tiempo que aparecían en París; la mejor clientela de Worth es la de Buenos Aires; en la escalera de nuestro Jockey Club, donde «Pini» es el profesor de esgrima, la «Diana» de Falguiére perpetúa la blanca desnudez de una parisiense. Como somos fáciles para el viaje y podemos viajar, París recibe nuestras frecuentes visitas y nos quita el dinero encantadoramente. Y así, siendo como somos un pueblo industrioso, bien puede haber quien, en minúsculo grupo, procure en el centro de tal pueblo adorar la belleza a través de los cristales de su capricho: «¡Whim!» diría Emerson. Crea el señor de Unamuno que mis Prosas Profanas, pongo por caso, no hacen ningún daño a la literatura científica de Ramos Mexía, de Coni o a la producción regional de J. V. González; ni las maravillosas Montañas de oro de nuestro gran Leopoldo Lugones, perturban la interesante labor criolla de Leguizamón y otros aficionados a este ramo que ya ha entrado, en verdad, en dependencia folklórica. Que habrá luego, una literatura de cimiento criollo, no lo dudo; buena muestra dan el hermoso y vigoroso libro de Roberto Payró La Australia Argentina y las otras obras del popularísimo e interesante «Fray Mocho».

Volví a ver al rey niño, más crecido y supe de intimidades de palacio; por ejemplo, que su pequeña majestad llamaba a sus hermanitas, las dos infantas hoy yacentes en sus sepulcros del Escorial, a la una «Pitusa» y a la otra «Gorriona». Busqué por todas partes el comunicarme con el alma de España. Frecuenté a pintores y escultores. Asistí al entierro de Castelar, escribí sobre el periodismo español, sobre el teatro, sobre libreros y editores, sobre novelas y novelistas, sobre los académicos, entre los cuales tenía admiradores y abominadores; escribí de poetas y de políticos, recogí las últimas impresiones desilusionadas de Núñez de Arce. Traté al maestro Galdós, tan bueno y tan egregio, estudié la enseñanza, renové mis coloquios con Menéndez y Pelayo. Hablé de las flamantes inteligencias que brotaban. Relaté mi amistad con la princesa Bonaparte, madame Rattazzi. Di mis opiniones sobre la crítica, sobre la joven aristocracia, sobre las relaciones iberoamericanas, celebré a la mujer española; y sobre todo, ¡gracias sean dadas a Dios!, esparcí entre la juventud los principios de libertad intelectual y de personalismo artístico, que habían sido la base de nuestra vida nueva en el pensamiento y el arte de escribir hispano-americanos y que causaron allá espanto y enojo entre los intransigentes. La juventud vibrante me siguió, y hoy muchos de aquellos jóvenes llevan los primeros nombres de la España literaria. Imposible me sería narrar aquí todas mis peripecias y aventuras de esa época pasada en la coronada villa; ocuparían todo un volumen.

La exposición de París de 1900 estaba para abrirse. Recibí orden de La Nación de trasladarme en seguida a la capital francesa. Partí.

En París me esperaba Gómez Carrillo y me fui a vivir con él, el número 29 de la calle Faubourg Montmartre. Carrillo era ya gran conocedor de la vida parisiense. Aunque era menor que yo, le pedí consejos. -«¿Con cuánto cuenta usted mensualmente?» -me preguntó-. «Con esto», le contesté, poniendo en una mesa un puñado de oros de mi remesa de La Nación, Carrillo contó y dividió aquella riqueza en dos partes; una pequeña y una grande. -«Ésta, me dijo, apartando la pequeña, es para vivir: guárdela. Y esta otra, es para que la gaste toda». Y yo seguí con placer aquellas agradables indicaciones, y esa misma noche estaba en Montmartre, en una boite llamada «Cyrano», con joviales colegas y trasnochadores estetas, danzarinas, o simples peripatéticas.

Poco después, Carrillo tuvo que dejar su casa, y yo me quedé con ella; y como Carrillo me llevó a mí, yo me llevé al poeta mexicano Amado Nervo, en la actualidad cumplido diplomático en España y que ha escrito lindos recuerdos sobre nuestros días parisienses, en artículos sueltos y en su precioso libro El éxodo y las flores del camino. A Nervo y a mí nos pasaron cosas inauditas, sobre todo cuando llegó a hacernos compañía un pintor de excepción, famoso por sus excentricidades y por su desorbitado talento: he señalado al belga Henri de Grunx. Algún día he de detallar tamaños sucedidos, pero no puedo menos que acordarme en este relato, de los sustos que me diera el fantástico artista de larga cabellera y de ojos de tocado, afeitado rostro y aire lleno de inquietudes, cuando en noches en que yo sufría tormentosas nerviosidades o invencibles insomnios, se me aparecía de pronto, al lado de mi cama, envuelto en un rojo ropón, con capuchón y todo, que había dejado olvidado en el cuarto no sé cuál de las amigas de Gómez Carrillo... Creo que la llamada Sonia.

Yo hacía mis obligatorias visitas a la Exposición. Fue para mí un deslumbramiento miliunanochesco, y me sentí más de una vez en una pieza, Simbad y Marco Polo, Aladino y Salomón, mandarín y daimio, siamés y cow-boy, gitano y mujick; y en ciertas noches, contemplaba en las cercanías de la torre Eiffel, con mis ojos despiertos, panoramas que sólo había visto en las misteriosas regiones de los sueños.

Había un bar en los grandes boulevares que se llamaba «Calisaya». Carrillo y su amigo Ernesto Lejeunesse, me presentaron allí a un caballero un tanto robusto, afeitado, con algo de abacial, muy fino de trato y que hablaba el francés con marcado acento de ultramancha. Era el gran poeta desgraciado Óscar Wilde. Rara vez he encontrado una distinción mayor, una cultura más elegante y una urbanidad más gentil. Hacía poco que había salido de la prisión. Sus viejos amigos franceses que le habían adulado y mimado en tiempo de riqueza y de triunfo, no le hacían caso. Le quedaban apenas dos o tres fieles, de segundo orden. Él había cambiado hasta de nombre en el hotel donde vivía. Se llamaba con un nombre balzaciano, Sebastián Menmolth. En Inglaterra le habían embargado todas sus obras. Vivía de la ayuda de algunos amigos de Londres. Por razones de salud, necesitó hacer un viaje a Italia, y con todo respeto, le ofreció el dinero necesario un barman de nombre John, que es una de las curiosidades que yo enseño cuando voy con algún amigo a la «Bodega», que está en la calle de Rivoli, esquina a la de Castigliore. Unos cuantos meses después moría el pobre Wilde, y yo no pude ir a su entierro, porque cuando lo supe, ya estaba el desventurado bajo la tierra. Y ahora, en Inglaterra y en todas partes, recomienza su gloria...

En lo más agitado de la Exposición de París, salí en viaje a Italia, viaje que era para mí un deseado sueño. Bien sabido es, que para todo poeta y para todo artista, el viaje a Italia, el tradicional país del arte, es un complemento indispensable en su vida. El mío fue una excursión rápida turista. Aproveché la compañía de un hombre de negocios de Buenos Aires, y así tuve siquiera con quien conversar, ya que no cambiar ideas. Pasé por Turín, en donde visité la Pinacoteca; tuve ocasión de ver al duque de los Abruzzos; almorzar con el onorevole Gianolio; trabar mi primer conocimiento con la sabrosa fonduta aromada de trufas blancas; conocer la Superga y admirar desde su altura los lejanos Alpes, luminosos bajo el sol. Estuve en Pisa y admiré lo que hay que admirar, el Duomo, el Camposanto, la Torre inclinada, rueca de la vieja ciudad, y el Baptisterio. Manifesté, en tal ocasión, líricas reminiscencias. Fui a la Cartuja, con carta de recomendación para el prior Don Bruno; oí cantar, en el calor de la estación y en los verdes olivos y viñas, pesadas de uvas negras, las cigarras itálicas. Aumentó mi religiosidad en el convento, y admiré la fe y el amor al silencio de aquellos solitarios.

Pasé por Livorno, ciudad marítima y comerciante, vibrante de agitaciones modernas. Fui a Ardenza, y en el santuario de Montenegro recé una avemaría a la Virgen llegada de la isla de Negroponto, virgen milagrosa, amada de los marinos, visitada por Byron y otras conocidas testas. Luego fui a Roma. Me poseyó la gran ciudad imperial y papal. Vi en una calle pasar a D'Anunzio, en su inevitable pose; vi a León XIII en su colosal retiro de piedra; y dediqué al papa blanco un largo himno en prosa. Esa visita la hice con un numeroso grupo de peregrinos argentinos, entre los cuales tengo presente al ilustre doctor Garro, actual ministro de Instrucción Pública, y al señor Ignacio Orzali, mi compañero de La Nación, que ostentaba sus condecoraciones pontificias. A su Santidad blanca me presentaron como redactor del gran diario de Buenos Aires, «el diario del general Mitre». El viejecito de color de marfil, me dijo en italiano palabras paternales, me dio a besar su mano, casi fluídica, ornada con una esmeralda enorme, y me bendijo. En mi libro Peregrinaciones podréis encontrar algunas de mis impresiones romanas, pero no encontraréis dos que voy a contaros.

La primera es mi conocimiento con Vargas Vila, el célebre pensador, novelista y panfletista político, que para mí no es sino, juntándolo todo, un único e inconfundible poeta, quizás contra su propia voluntad y autoconocimiento. Vargas Vila, que ha pasado muchos años de su vida en Italia, país que ama sobre todos, se encontró conmigo en Roma. Fuimos íntimos en seguida, después de una mutua presentación, y no siendo él noctámbulo, antes bien persona metódica y arreglada, pasó conmigo toda esa noche, en un cafetín de periodistas, hasta el amanecer; y desde entonces, admirándole yo de todas veras; hemos sido los mejores camaradas en Apolo y en Pan.

La segunda impresión es mi encuentro con Enrique García Velloso, que, aunque siempre lleno de talento, no era todavía el fecundo, rozagante, pimpante y pactolizante autor teatral que hoy conocen las escenas Argentinas y aun las Españolas. Yo le había conocido desde que era un adolescente, en casa de su padre. En la urbe romana tuvimos primero saudades de Buenos Aires, y después nos dimos a la alegría y gozos del vivir. Y tras animados paseos nocturnos, nos fuimos, una mañana, en unión del periodista Ettore Mosca, al lugar campestre situado en las orillas del Tíber, que se denomina Acqua acetosa. Allí, en una rústica trattoria, en donde sonreían rosadas tiberinas, nos dieron un desayuno ideal y primitivo; pollos fritos en clásico aceite, queso de égloga, higos y uvas que cantara Virgilio, vinos de oda horaciana. Y las aguas del río, y la viña frondosa que nos servía de techo, vieron naturales y consecuentes locuras.

De Roma partí para Nápoles, en donde pasé amistosos momentos en compañía de Vittorio Pica, el célebre crítico de arte, autor de tantas exquisitas monografías y director de Emporium, la artística revista de Bergamo. Hice la indispensable visita a Pompeya y retorné a París.

Nunca quise, a pesar de las insinuaciones de Carrillo, relacionarme con los famosos literatos y poetas parisienses. De vista conocí a muchos, y aun oí a algunos, en el «Calisaya» o en el café Napolitain, decir cualquier beocio o filisteo. Al Napolitain iba casi todos los días un grupo de nombres en vedette, entre ellos Catulle Mendes y su mujer, el actor Silvain, Ernest Lajeuneuse, Grenet, Dancourt, Georges Courteline, algunas veces Jean Moreas y otros citaredas de menor fama, Catulle Mendes no era ya el hermoso poeta de cabellos dorados, que antaño llamara tanto la atención por sus gallardías y encantos físicos, sino un viejo barrigón, cabeza de nazareno fatigado, todavía con fuertes pretensiones a las conquistas femeninas, las cuales, en efecto, lograba en el mundo de las máscaras, pues era crítico teatral y personaje dominante entre las gentes de tablas y bambalinas. Una que otra vez se aparecía con su melena negra y sus negros bigotes, el hoy elegido príncipe de los poetas franceses, Paul Fort, y la verdad es que allí no descollaba, pues su influjo principal estaba del otro lado del río, en el país Latino.

Yo seguí habitando la misma casa de la calle Faubourg Montmartre y cuando regresaba por las madrugadas, solía entrar a cenar a un establecimiento situado en mi vecindad, y que se llamaba «Au filet de Sole». En uno de esos amaneceres llegué en compañía de un escritor cubano, Eulogio Horta. Estábamos cenando en uno de los extremos del salón del café. Había un nutrido grupo de hombres de aspectos e indumentarias que yo no sabía conocer aún, alemanes en su mayor parte, y franceses. Casi todos ostentaban sendos alfileres y anillos de brillantes y estaban acompañados de unas cuantas hetairas de lujo. Espumeaba con profusión el cordon rouge, y al son de los violines de los tziganos, algunas parejas danzaban más que libremente. De pronto entró una joven, casi una niña, de notable belleza; se dirigió a uno de los hombres, rojo, rechoncho, de fosco aspecto, con tipo de carnicero, habló con él algunas palabras... La bofetada fue tan fuerte que resonó por todo el recinto y la pobre muchacha cayó cual larga era... A Eulogio Horta y a mí se nos subió, sobre los vinos, lo hispano-americano a la cabeza, y nos levantamos en defensa de la que juzgábamos una víctima; pero la cuadrilla de rufianes se alzó como uno solo, amenazante, lanzándonos los más bajos insultos... Y lo peor era que quien nos insultaba más, con la cara ensangrentada, era la moza del bofetón... No nos pasó algo serio porque el gerente del establecimiento, que me conocía desde Buenos Aires, salió a nuestra defensa, habló en alemán con ellos y todo se calmó. Luego vino a nosotros y nos advirtió que nunca se nos ocurriera salir a la defensa de tales gourgandines.

Otras cuantas aventuras de este género me acontecieron, pues en esa época yo hacía vida de café, con compañeros de existencia idéntica, y derrochaba mi juventud, sin economizar los medios de ponerla a prueba.

Había vendido miserablemente varios libros a dos ghettos, de la edición que en París han hecho miles y millones con el trabajo mental de escritores españoles e hispano-americanos, pagados harpagónicamente, y como yo me quejase en aquel entonces, por una de mis obras, se me mostraron las condiciones en que había vendido para la América española una escritora ilustre su Vida de San Francisco de Asís.

Don Justo Sierra, el eminente escritor y poeta, que en Méjico era llamado «el Maestro», y que acaba de fallecer en Madrid de ministro de su país, escribió el prólogo para uno de mis volúmenes Peregrinaciones. En París tuve la oportunidad de conocer a este hombre preclaro, que en los últimos años de la administración del presidente Porfirio Díaz, ocupó el ministerio de Instrucción Pública.

El gobierno de Nicaragua, que no se había acordado nunca de que yo existía sino cuando las fiestas colombinas, o cuando se preguntó por cable de Managua al ministro de Relaciones Exteriores argentino si era cierta la noticia que había llegado de mi muerte, me nombró cónsul en París.

Y a propósito, por dos veces se ha esparcido por América esa falsa nueva de mi ingreso en el Estigia; y no podré olvidar lo poco evangélica necrología que, la primera vez, me dedicara en La Estrella de Panamá, un furioso clérigo, y que decía poco más o menos: «Gracias a Dios que ya desapareció esta plaga de la literatura española... Con esta muerte no se pierde absolutamente nada...». Hasta dónde puede llevar el fanatismo y la ignorancia en todo.

Me instruí en mis funciones consulares y tenía como canciller a un rubio y calvo mexicano, limpio de espíritu y de corazón, y a quien convencimos, en horas risueñas, algunos hispano-americanos, de que, dado su tipo completamente igual al de los Habsburgos y la fecha de su nacimiento, debía de ser hijo del emperador Maximiliano; y el «rico tipo», con poco cariño por su papá y poco respeto por su señora mamá, llegó a aceptar, entre veras y bromas, la posibilidad de su austriaco parentesco...

Entre mis tareas consulares y mi servicio en La Nación, pasaba mi existencia parisiense. Era ministro nicaragüense en Francia don Crisanto Medina, antiguo diplomático de pocas luces, pero de mucho mundo y práctica en los asuntos de su incumbencia. A pesar de nuestras excelentes relaciones, había algo entre ellas que impedían una completa cordialidad. Me refiero a un antiguo drama de familia, relacionado con el asesinato de mi abuelo materno.

Don Crisanto, de quien ha hecho Luis Bonafoux, en una de sus crónicas, bien pimentada charge, era un hombre tan feliz y tan ecuánime a su manera, que no tenía la menor idea de la literatura... Había conocido, desde los tiempos de Thiers, a Víctor Hugo, a Dumas, a otras cuantas celebridades; pero de Víctor Hugo no me contaba sino que en un banquete, en la inauguración del Hotel de Ville, le libró de un resfriado levantándose de la mesa y yéndose a poner su gabán, cosa que don Crisanto imitó...; y de Dumas, que una vez, al salir de una reunión, el famoso autor no encontraba su coche, y don Crisanto le fue a dejar en su casa en el suyo... Al ecuatoriano Juan Montalvo le llamaba «aquel Montalvo que escribía»... Tenía gran admiración por Gómez Carrillo, no porque hubiera leído su obra de escritor, sino porque Carrillo le servía a veces de secretario, y le contestaba las notas con frases poco usuales, notas que unas veces eran para Nicaragua, otras para Guatemala, porque don Crisanto había tenido el talento de conseguir la representación, alternativamente y a veces al mismo tiempo, de casi todas las cinco repúblicas centro-americanas. Tible Machado, ministro de Guatemala en Londres y Bruselas, era su pesadilla; y en la conferencia de La Haya... la cosa acabó en un duelo. Una noche, en París, la víspera del encuentro en el terreno, me dijo mi ministro: «Mañana mato a Tible». No lo mató. Cierto es, que don Crisanto había tenido otro duelo célebre, en tiempos casi prehistóricos, con el nombrado colombiano, Torres Caisedo, que sacó su herida de la emergencia.

Contemporáneo de Medina fue el marqués de Rojas, tío de Luis Bonafoux y que había sido diplomático de Guzmán Blanco, con quien tuvo sus polémicas y desagrados. Fue aquel marqués pontificio, a quien traté en su postrimería, muy aficionado a las mujeres y a la buena vida; hombre rico, tuvo una vejez solitaria y murió entre criadas y criados en su garconnière. Esos dos ancianos de que he hablado, y que ha tiempo en paz descansan, eran asiduos al mentidero del Gran Hotel, en donde se reunían españoles e hispano-americanos a ejercer la parlería y la murmuración nacional y de raza.

Los ardientes veranos iba yo a pasarlos a Asturias, a Dieppe, y alguna vez a Bretaña. En Dieppe pasé alguna temporada en compañía del notable escritor argentino que ha encontrado su vía en la propaganda del hispano-americanismo frente al peligro yankee, Manuel Ugarte. En Bretaña pasé con el poeta Ricardo Rojas horas de intelectualidad y de cordialidad en una villa llamada «La Pagode», donde nos hospedaba un conde ocultista y endemoniado, que tenía la cara de Mefistófeles. Ricardo Rojas y yo hemos escrito sobre esos días extraordinarios, sobre nuestra visita al Manoir de Boultous, morada del maestro de las imágenes y príncipe de los tropos, de las analogías y de las armonías verbales, Saint-Pol-Roux, antes llamado el Magnífico.

Entre toda esta última parte de mi narración se mezclan largos días que pertenecen a lo estrictamente privado de mi vida personal.

Emprendí otro viaje por Bélgica, Alemania, Austria-Hungría, Italia, Inglaterra. En todo ello me ocupo en algunos de mis libros con bastantes detalles. Mas no he contado algunos incidentes, por ejemplo, uno en que escapamos en perder la vida mi compañero de viaje, el mexicano Felipe López, y yo. Fue en la ciudad de Budapest, por cierto región encantadora, si las hay. Andábamos recorriendo las calles. Ni López ni yo hablábamos alemán y nos desolábamos, en los restaurants, de no poder entender la lista del menú, porque los húngaros, en lo general, por odio al austriaco, no quieren emplear al alemán en nada, y así todo está en su lenguaje para nosotros lleno de escabrosidades. Yendo por una gran vía, leímos en letras doradas en un establecimiento «American Bar»; y encontrando la ocasión de emplear bien nuestro inglés, entramos. Pedimos sendos cocktails, y nos pusimos a escribir cartas. En esto se nos acercó un elegante joven, y en un francés cojo, pero melifluo, nos dijo, más o menos, tendiéndonos su tarjeta: que era hijo de un fabricante de bicicletas; que había estado en Francia, donde le habían atendido con toda gentileza y que desde entonces se había prometido ofrecer sus servicios, ser útil en todo lo que pudiera y pilotear y atender a cuanto extranjero de condición llegase a tierra húngara. Nosotros, un tanto desconfiados por aquel abordaje sin presentación, dimos las gracias con frialdad, pero el guapo mozo continuó en la carga con tan buenas maneras y con tanta insistencia que nos vimos obligados a aceptar un champagne de bienvenida. Y el joven se convirtió en nuestro cicerone.

Nos llevó al Os Buda Vara, al barrio de los magnates, casi todo construido según la manera de la Secesión; a un jardín público, donde debía celebrarse una fiesta esa tarde, y al cual debía asistir un príncipe imperial; nos hizo comer no sé qué mezcla magyar de queso fresco, cebolla picada, sal y paprika, mojada con una incomparable cerveza Pilsen, como de nieve y seda. Sin saber cómo ni cuándo se apareció un hombre con tipo de obrero, que llevaba en la diestra maciza un anillo de gran brillante. Habló en húngaro con nuestro joven, éste nos lo presentó como un rico industrial y nos dijo, que, encantado de que fuésemos extranjeros, nos invitaba esa tarde a una comida compuesta exclusivamente de platos nacionales. Llevado de mi entusiasmo por las cocinas exóticas, dije que aceptábamos con gusto, y quedamos en que nuestro cicerone nos llevaría al punto de reunión. Se nos dijo que el restaurant elegido quedaba cerca.

Muy entrada la tarde nos dirigimos a la cita. Íbamos a pie, y después de andar un buen trecho entre villas y quintas, observé que habíamos salido de la población. Se lo hice notar a mi amigo, pero el húngaro nos señaló una mesa cercana, aislada, y nos dijo que era allí el lugar de la comida. Advertí a López que la cosa me parecía sospechosa, más como viésemos que la casa tenía un jardín y en él había mesitas donde comían otras gentes, nos parecieron vanas nuestras sospechas. Entramos. Desde el momento vimos que aquello era un cafetín popular. Apareció el industrial. Nos hicieron entrar a un cuarto lateral, pidieron cuatro copas de no recuerdo qué licor. Dije en español a López que no bebiéramos, pero él bebió con los dos desconocidos. Querían que yo tomara con ellos, pero dije que no me sentía bien. A poco, el mexicano se puso pálido y me dijo que le venía un sueño irresistible y que seguramente nos habían servido un narcótico. Hice que saliéramos para que tomase un poco de aire, y así se le quitó algo la pesadez de la cabeza. El hostelero nos dijo que la comida estaba servida. En efecto, bajo una parra había una mesa para cuatro personas. La cuarta apareció y nos fue presentada como un señor conde de nombre enrevesado. Era un coloso mal trajeado y con manos de boyero. Nos sentamos a la mesa y comimos un papricak hun, plato especial del país y otros más de estos. Cuando concluimos se nos invitó a pasar al lado del figón, a una cancha de bochas, o juego de bolos, perteneciente a un club, del cual se nos dijo, que el conde era director. Aquello estaba solitario, daba a un largo patio, o más bien dilatada extensión de terreno. No lejos, corría el Danubio. Nos invitaron a tomar un vino tokay, que nos inspiró confianza, pues la botella vino cerrada. No era el común vino tokay que se encuentra en todas partes y que sirve para postres, sino un néctar delicioso, de caldo color dorado, y que apuramos en grandes vasos. Confieso no haber tomado nunca un vino tan exquisito. Después se nos insinuó que era preciso, pues de uso corriente y nacional, que jugásemos a un juego de cartas llamado «el reloj». Como por encanto apareció allí una baraja y después de algunas indicaciones empezó la partida.

A pocos momentos, tanto el mexicano como yo, habíamos ganado importante número de florines; pero la partida continuó, y cuando nos percatamos, tanto él como yo, habíamos perdido todo lo ganado y bastante dinero más. De común acuerdo resolvimos irnos en seguida, más cuando manifestamos nuestra intención, fue como si hubiésemos encendido un reguero de pólvora. Los hombres se sulfuraron y se pusieron ante nosotros en actitud amenazante. El joven intérprete nos explicó que se creían ofendidos. Nosotros estábamos sin armas y no había sino que emplear alguna treta oportuna. Yo le dije que había en todo una equivocación; que estábamos dispuestos a continuar el juego al día siguiente, pero que en ese momento teníamos que ir a la ciudad a recoger un dinero. El conde habló con sus compañeros y el joven nos dijo que nos invitaba al día siguiente para ir a una pushta o estancia húngara para que conociésemos la vida rural del país. Me apresuré a decir que con muchísimo gusto y en los ojos de los bandidos, se vio una gran satisfacción. ¿A qué horas pasará el conde en su automóvil por ustedes? «Tiene que ser antes de las ocho». -«A las siete y media en punto», le

contesté. Así nos dejaron partir. Cuando llegamos al hotel, el dueño del establecimiento
nos dijo: -«De buenas se han librado ustedes. Esos pillos deben pertenecer a una banda
que ha robado y hecho desaparecer a varios extranjeros, cuyos cuerpos apuñalados se
han encontrado en las aguas del Danubio». Tomamos el tren para Viena a las cinco de la
mañana.

Una vez vuelto de ese largo viaje, me tomé algún tiempo de reposo en París. Inesperadamente recibí cablegrama del Ministerio de Relaciones Exteriores de Nicaragua, en que se me comunicaba mi nombramiento de Secretario de la Delegación nicaragüense a la conferencia Panamericana del Río de Janeiro. Debería reunirme en Francia con el jefe de la Delegación señor Luis F. Corea, que era Ministro en Washington. Una semana después salimos para el Brasil. Ya he narrado en un diario las circunstancias, anécdotas y peripecias de este viaje y mis impresiones brasileñas y de la conferencia, a raíz de este acontecimiento. Vine de Río de Janeiro, por motivos de salud, a Buenos Aires. Mis impresiones de entonces quizás las conozcáis en verso, en versos de los dirigidos a la señora de Lugones, en cierta mentada epístola:

... En fin, convaleciente, llegué a nuestra ciudad

de Buenos Aires, no sin haber escuchado

a mister Root, abordo del «Charleston» sagrado;

mas mi convalecencia duró poco. ¿Qué digo?

mi emoción, mi entusiasmo y mi recuerdo amigo,

y el banquete de La Nación que fue estupendo,

y mis viejas siringas con su pánico estruendo,

y ese fervor porteño, ese perpetuo arder,

y el milagro de gracia que brota en la mujer

argentina, y mis ansias de gozar en esa tierra

me pusieron de nuevo con mis nervios en guerra.

Y me volví a París. Me volví al enemigo

terrible, centro de la neurosis, ombligo

de la locura, foco de todo surmenage,

donde hago buenamente mi papel de sauvage,

encerrado en mi celda de la rue Marivany,

confiando sólo en mí y resguardando el yo.

¡Y si lo resguardara, señora, si no fuera

lo que llaman los parisienses una pera!

A mi rincón me llegan a buscar las intrigas,

las pequeñas miserias, las traiciones amigas,

y las ingratitudes. Mi maldita visión

sentimental del mundo me aprieta el corazón,

y así cualquier tunante me explotará a su gusto.

Soy así. Se me puede burlar con calma. Es justo.

Por eso los astutos, los listos dicen que

no conozco el valor del dinero. ¡Lo sé!

Que ando, nefelibata, por las nubes... ¡Entiendo!

Sí, lo confieso, soy inútil. No trabajo

por arrancar a otra su pitanza; no bajo

a hacer la vida sórdida de ciertos previsores.

Yo no ahorro, ni en seda, ni en champaña, ni en flores,

No combino sutiles pequeñeces, ni quiero

quitarle de la boca su pan al compañero.

Me complace en los cuellos blancos ver los diamantes.

Gusto de gentes de maneras elegantes

y de finas palabras y de nobles ideas.

Las gentes sin higiene ni urbanidad, de fea

trazas, avaros, torpes, o malignos y rudos,

mantienen, lo confieso, mis entusiasmos mudos.

No conozco el valor del oro... ¡saben esos

que tal dicen, lo amargo del jugo de mis sesos,

del sudor de mi alma, de mi sangre y mi tinta,

del pensamiento en obra y de la idea encinta!

¿He nacido yo acaso hijo de millonario?

¿He tenido yo Cirineo en mi Calvario?...

De vuelta a París fui a pasar un invierno a la Isla de Oro, la encantadora Palma de Mallorca. Visité las poblaciones interiores; conocí la casa del archiduque Luis Salvador, en alturas llenas de vegetación de paraíso, ante un mar homérico; pasé frente a la cueva en que oró Raymundo Lulio, el ermitaño y caballero que llevaba en su espíritu la suma del Universo. Encontré las huellas de dos peregrinos del amor, llamémosle así: Chopin y George Sand, y hallé documentos curiosos sobre la vida de la inspirada y cálida hembra de letras y su nocturno y tísico amante. Vi el piano que hacía llorar íntima y quejumbrosamente el más lunático y melancólico de los pianistas, y recordé las páginas de Spiridion.

El gobierno nicaragüense nombró a Vargas Vila y a mí -Vargas Vila era Cónsul General de Nicaragua en Madrid- miembros de la Comisión de límites con Honduras. Que Nicaragua envió a España, siendo el rey Don Alfonso el árbitro que debía resolver definitivamente en el asunto en cuestión. El ministro Medina, era el jefe de la Comisión; pero nunca nos presentó oficialmente ni contaba, ni quería contar con nosotros para nada. Vargas Vila tiene sobre esto una documentación inédita que algún día ha de publicarse. El fallo del rey de España, no contentó, como casi siempre sucede, a ninguna de las partes litigantes, y eso que Nicaragua tenía como abogado nada menos que a don Antonio Maura. La poca avenencia del ministro Medina conmigo hizo que yo me resolviese a hacer un viaje a Nicaragua.

Hacía cerca de diez y ocho años que yo no había ido a mi país natal. Como para hacerme olvidar antiguas ignorancias e indiferencias, fui recibido como ningún profeta lo ha sido en su tierra... El entusiasmo popular fue muy grande. Estuve como huésped de honor del Gobierno durante toda mi permanencia. Volví a ver, en León, en mi casa vieja, a mi tía abuela, casi centenaria; y el Presidente Zelaya, en Managua, se mostró amable y afectuoso. Zelaya mantenía en un puño aquella tierra difícil. Diez y siete años estuvo en el poder y no pudo levantar cabeza la revolución conservadora, dominada, pero siempre piafante. El Presidente era hombre de fortuna, militar y agricultor, mas no se crea que fuese la reproducción de tanto tirano y tiranudo de machete como ha producido la América española. Zelaya fue enviado por su padre, desde muy joven a Europa; se educó en Inglaterra y Francia; sus principales estudios los hizo en el colegio Höche, de Versalles; peleó en las filas de Rufino Barrios, cuando este Presidente de Guatemala intentó realizar la unión de Centro América por la fuerza, tentativa que le costó la vida.

Durante su presidencia, Zelaya hizo progresar el país, no hay duda alguna. Se rodeó de hombres inteligentes, pero que, como sucede en muchas partes de nuestro continente, hacían demasiada política y muy poca administración; los principales eran hombres hábiles que procuraban influir para los intereses de su círculo en el ánimo del gobernante. Esos hombres se enriquecieron, o aumentaron sus caudales, en el tiempo de su actuación política. Otros adláteres hicieron lo mismo; la situación económica en el país se agravó, y las malquerencias y desprestigios de los que rodeaban al jefe del Estado, recayeron también contra él. Esto lo observé a mi paso. El descontento había llegado a tal punto en Occidente, cuando se creyó, con motivo del matrimonio de una de las señoritas Zelaya, que el Presidente entraba en connivencias con los conservadores de Granada, que había preparado en León, para una próxima visita presidencial una conjuración contra la vida del general Zelaya.

Amigos míos, entre ellos, principalmente, el doctor Luis Debayle y don Francisco Castro, ministro de Hacienda, y el mismo ministro de Relaciones Exteriores señor Gámez, pidieron al presidente la legación de España para mí. La unánime aprobación popular, el pedido de sus amigos, y su innegable buena voluntad, hicieron que el general

Zelaya me nombrase ministro en Madrid; pero no sin que tuviese que luchar con intrigas palaciegas y pequeñeces no palaciegas, que hacían su sordo trabajo en contra, y esto a pesar de que la legación tenía un pobre y casi desdoroso presupuesto, que fue todavía mermado a la salida del señor Castro del Ministerio de Hacienda.

Partí, pues, de Nicaragua con la creencia de que no había de volver nunca más; pero había visto florecer antiguos rosales, y contemplado largamente, en las noches del trópico, las constelaciones de mi infancia. La familia Darío estaba ya casi concluida. Una juventud ansiosa y llena de talento se desalentaba, por lo desfavorable del medio. Y se sentía soplar un viento de peligro que venía del lado del Norte.

Cuando llegué a París, la contrariedad del ministro Medina al saber que iba yo a sustituírle en su puesto diplomático de España -pues él era representante de Nicaragua en cuatro o cinco países de Europa- se exteriorizó con tal despecho, que me juró aquel provecto caballero, no volver a poner los pies en España. Me dirigí a Madrid con objeto de presentar mis credenciales. Me hospedó en el Hotel de París, y procuré que aquella Legación, con información de pobreza, tuviese una exterioridad, ya que no lujosa, decorosa. La prensa me había saludado con toda la cordialidad que inspiraba un reconocido amigo y queredor de España.

Recibí la visita del primer Introductor de Embajadores, Conde de Pie de Concha, noble gentilísimo, y me anunció que el Rey me recibiría en seguida, pues tenía que partir no recuerdo para que punto. A los tres días debía verificarse la ceremonia de la entrega de mis credenciales; y todavía un día antes, andaba yo en apuros, porque no había recibido de París mi flamante y dorado uniforme. Felizmente me sacó del paso mi buen amigo el doctor Manrique, ministro de Colombia; él hizo que me probara el suyo y me quedó a las mil maravillas; y he allí cómo al antiguo Cónsul general de Colombia en Buenos Aires, fue recibido por el rey de España, como ministro de Nicaragua, con uniforme colombiano.

Su majestad el Rey, estuvo conmigo de una especial amabilidad, aunque en este caso todos los diplomáticos dicen lo mismo. Me habló de mi obra literaria. Conversó de asuntos nicaragüenses y centroamericanos, demostrando bien informado conocimiento del asunto, y dejó en mi ánimo la mejor impresión. Cada vez que hablé con él, en el curso de mi misión, me convencí de que no es solamente el rey sportman de los periódicos e ilustraciones, sino un joven bien pertrechado de los más diversos conocimientos, y hecho a toda suerte de disciplinas. Una vez concluida mi conversación con el monarca, pasé a presentar mis respetos a las reinas. La reina Victoria apareció ante mi vista como una figura de arte. Por su rosada belleza, la pompa rica de su elegancia ornamental, y hasta por la manera como estaba dada la luz en el estrecho recinto donde me recibió de pie y me tendió la mano para el beso usual. ¡Cuán hermosa y rubia reina de cuentos de hadas! Hablé con ella en francés; todavía no se expresaba con facilidad en español. Y tras cumplimientos y preguntas y respuestas casi protocolares, fui a saludar a la reina madre doña María Cristina, delgada y recta, con la particular distinción y aire imperial que reveló siempre la archiduquesa austriaca que había en la soberana española. Se mostró conmigo afable y de excelente memoria. Así, después del acostumbrado diálogo diplomático, me dijo que recordaba la ocasión en que, en una de las ceremonias de las fiestas colombianas, le había sido presentada por su primer ministro, don Antonio Cánovas del Castillo.

Después hice mi visita a las infantas: doña Isabel, acompañada de su inseparable marquesa de Nájera, hoy fallecida. El excelente carácter de doña Isabel, su cultura y su llaneza, bien conocidos de los argentinos, no ocultan el genio artístico que hay en ella; y cuyo amor al arte supe en esa oportunidad y en otras posteriores, por su conversación y por su museo. La infanta doña Luisa, una linda Orleáns, casada con el viudo don Carlos, delicada y fina aunque sportswoman airosa y vigorosa que va de cuando en cuando a bañar su beldad de sol a Sevilla. Y la desventurada infanta María Teresa, desventurada como su pobre hermana, y tan desventurada como sencilla y bondadosa, cuya muerte acaba de llorar toda España. Me recibió en compañía de su marido el príncipe don Fernando de Baviera, hijo de su tía la Infanta doña Paz. Doña María Teresa, ingenuamente sufrió conmigo una equivocación, lamentable para mí, «¡hélas!», pues, acostumbrada a representantes hispano-americanos como los Wilde, los Iturbe, los Candamo, los Beiztegui, me confundió con esos millonarios, y me habló de mi automóvil... ¡Pobrecita Infanta María Teresa! A la Infanta doña Eulalia no la pude saludar, pues ya se sabe que es una parisiense y que reside en París.

En el cuerpo diplomático, no sabiendo jugar al bridge y con el sueldo que tiene un secretario de legación de cualquier país presentable, y con lo de la literatura y los versos, hacía yo, entre los de la carrera, un papel suficientemente medianejo... Entre los embajadores, disfruté la grata cortesía del fastuoso britano Sir Maurice Bunsen, y la acogida siempre simpática y afectuosa del Nuncio, monseñor Vico, hoy cardenal. Mi único amigo verdadero era el embajador de Francia, porque era también amigo de las musas, íntimo de Mistral, y autor de páginas muy agradables, lo cual, señores positivos, no obsta para que actualmente sea director de la Banque Otomane en Constantinopla.

A todo esto, el gobierno de Nicaragua, preocupado con sus políticas, se acordaba tanto de su legación en España como un calamar de una máquina de escribir... Y ahí mis apuros... No, no he de callar esto... Después de haber agotado escasas remesas de mis escasos sueldos, que según me ha dicho el general Zelaya, tuvo que poner de su propio peculio, y cuando ya se me debía el pago de muchos meses, La Nación, de Buenos Aires, o, mejor dicho, mis pobres sesos, tuvieron que sostener, mala, pésimamente, pero en fin, sostener, la legación de mi patria nativa, la República de Nicaragua, ante su Majestad el rey de España... En fin, para no tener que hacer las de cierto ministro, a quien los acreedores sitiaban en su casa de la Villa y Corte, trasladé mi residencia a París, en donde ni tenía que aparentar, ni gastar nada, diplomáticamente.

La traición de Estrada inició la caída de Zelaya. Este quiso evitar la intervención yankee y entregó el poder al doctor Madriz, quien pudo deshacer la revolución, en un momento dado, a no haber tomado parte los Estados Unidos, que desembarcaron tropas de sus barcos de guerra para ayudar a los revolucionarios.

Madriz me nombró Enviado Extraordinario y Ministro Plenipotenciario, en misión especial, en México, con motivo de las fiestas del Centenario. No había tiempo que perder, y partí inmediatamente. En el mismo vapor que yo iban miembros de la familia del presidente de la República, general Porfirio Díaz, un íntimo amigo suyo, diputado, don Antonio Pliego, el ministro de Bélgica en México y el conde de Chambrun, de la legación de Francia en Washington. En la Habana se embarcó también la delegación de Cuba, que iba a las fiestas mexicanas.

Aunque en La Coruña, por un periódico de la ciudad, supe yo que la revolución había triunfado en Nicaragua, y que el presidente Madriz se había salvado por milagro, no diera mucho crédito a la noticia. En la Habana la encontré confirmada. Envié un cablegrama pidiendo instrucciones al nuevo gobierno y no obtuve contestación alguna. A mi paso por la capital de Cuba, el Ministro de Relaciones Exteriores, señor Sanguily, me atendió y obsequió muy amablemente. Durante el viaje a Veracruz conversé con los diplomáticos que iban a bordo, y fue opinión de ellos que mi misión ante el gobierno mexicano, era simplemente de cortesía internacional, y mi nombre, que algo es para la tierra en que me tocó nacer, estaba fuera de las pasiones políticas que agitaban en ese momento a Nicaragua. No conocían el ambiente del país y la especial incultura de los hombres que acababan de apoderarse del gobierno.

Resumiré. Al llegar a Veracruz, el introductor de diplomáticos, señor Nervo, me comunicaba que sería recibido oficialmente, a causa de los recientes acontecimientos, pero que el gobierno mexicano me declaraba huésped de honor de la nación. Al mismo tiempo se me dijo que no fuese a la capital, y que esperase la llegada de un enviado del ministerio de Instrucción Pública. Entretanto, una gran muchedumbre de veracruzanos, en la bahía, en barcos empavesados y por las calles de la población, daban vivas a Rubén Darío y a Nicaragua, y mueras a los Estados Unidos. El enviado del Ministerio de Instrucción Pública llegó, con una carta del ministro, mi buen amigo, don Justo Sierra, en que en nombre del presidente de la República y de mis amigos del gabinete, me rogaban que pospusiese mi viaje a la capital. Y me ocurría algo bizantino. El gobernador civil, me decía que podía permanecer en territorio mexicano unos cuantos días, esperando qué partiese la delegación de los Estados Unidos para su país, y que entonces yo podría ir a la capital; y el gobernador militar, a quien yo tenía mis razones para creer más, me daba a entender que aprobaba la idea más de retornar en el mismo vapor para la Habana... Hice esto último. Pero antes, visité la ciudad de Jalapa, que generosamente me recibió en triunfo. Y el pueblo de Teccelo, donde las niñas criollas e indígenas, regaban flores y decían ingenuas y compensadoras salutaciones. Hubo vítores y músicas. La municipalidad dio mi nombre a la mejor calle. Yo guardo, en lo preferido de mis recuerdos afectuosos, el nombre de ese pueblo querido. Cuando partía en el tren, una indita me ofreció un ramo de lirios, y un puro azteca: «Señor, yo no tengo que ofrecerle más que esto»; y me dio una gran piña perfumada y dorada. En Veracruz se celebró en mi honor una velada, en donde hablaron fogosos oradores y se cantaron himnos. Y mientras esto sucedía, en la capital, al saber que no se me dejaba llegar a la gran ciudad, los estudiantes en masa, e hirviente suma de pueblo, recorrían las calles en manifestación imponente contra los Estados Unidos. Por la primera vez, después de treinta y tres años de dominio absoluto, se apedreó la casa del viejo cesáreo que había imperado. Y allí se vio, se puede decir, el primer relámpago de una revolución que trajera el destronamiento.

Me volví a la Habana acompañado de mi secretario, señor Torres Perona, inteligente joven filipino, y del enviado que el Ministro de Instrucción Pública habíale nombrado para que me acompañase. Las manifestaciones simpáticas de la ida no se repitieron a la vuelta. No tuve ni una sola tarjeta de mis amigos oficiales... Se concluyeron, en aquella ciudad carísima, los pocos fondos que me quedaban y los que llevaba el enviado del ministro Sierra. Y después de saber, prácticamente, por propia experiencia, lo que es un ciclón político, y lo que es un ciclón de huracanes y de lluvia en la isla de Cuba, pude, después de dos meses de ardua permanencia, pagar crecidos gastos y volverme a París, gracias al apoyo pecuniario del diputado mexicano Pliego, del ingeniero Enrique Fernández y, sobre todo, a mis cordiales amigos Fontoura Xavier, ministro del Brasil, y general Bernardo Reyes, que me envió por cable, de París, un giro suficiente.

El nuevo gobierno nicaragüense, que suprimió por decreto mi misión en México, no me envió nunca, por más que cablegrafié, mis recredenciales para retirarme de la legación de España; de modo que, si a estas horas no las ha mandado directamente al gobierno español, yo continúo siendo el representante de Nicaragua ante su majestad católica.

Y aquí pongo término a estas comprimidas memorias que, como dejo escrito, he de ampliar más tarde. En mi propicia ciudad de París, sin dejar mi ensueño innato, he entrado por la senda de la vida práctica... Llamado por el artista Leo Lerelo para la fundación de la revista Mundial, entré luego en arreglos con los distinguidos negociantes señores Guido, y he consagrado mi nombre y parte de mi trabajo, a esa empresa, confiando en la buena fe de esos activos hombres de capital.

En lo íntimo de mi casa parisiense, me sonríe infantilmente un rapaz que se me parece, y a quien yo llamo «Güicho»...

Y en esta parte de mi existencia, que Dios alargue cuanto le sea posible, telón.

Posdata, en España

Libre de las garras de hechizo de París, emprendí camino hacia la isla dorada y cordial de Mallorca. La gracia virgiliana del ámbito mallorquín devolvíame paz y santidad. Por cariñosa solicitud de mi excelente don Juan Sureda, por su cariñoso vigilante, mi alma y mi carne ganaban de día en día la conveniente fortaleza. Me hospedé, pues, en su casa, que es aquel Castillo del Rey asmático, en la pintoresca y fresca Valldemosa. Sobre este Castillo y su vecina Cartuja, como sobre todo aquel oro de Mallorca, escribí una novela en los días de mi permanencia en esa tierra de Lulio. Los atraídos por mi vagar y pensar tendrán, en esas páginas de mi Oro de Mallorca fiel relato de mi vida y de mis entusiasmos en esa inolvidable joya mediterránea. Ese gentil homme y profundo Lulista que es Juan Sureda, tiene en mi corazón un voto constante por su felicidad. ¿Y qué diré de mi agradecida admiración por la espiritual pintora que comparte la vida con mi recordado Sureda? Su esposa es mujer suprema y comprensora feliz del Arte. Vive trasladando a las telas los secretos de belleza de aquellos parajes. Pinta admirablemente y le ha arrancado a los olivos su ademán de muertos deseos de clamar al cielo sus misterios y enigmas. Ha pintado olivos magistralmente. Ella, que es todo bondad creadora, me hizo mucho bien con su palabra creyente.

De Valldemosa partí un día en el Rey Jaime I, que me trajo a la amable ciudad condal. Aquí debía residir, fijar la planta por muchos años, Dios mediante, y, en verdad confieso que me es grata en extremo la estancia en esta tierra, «archivo de cortesía», como reza la frase del glorioso manco de Lepanto.

Dejé a París, sin un dolor, sin una lágrima. Mis veinte años de París, que yo creía que eran unas manos de hierro que me sujetaban al solar luteciano, dejaron libres mi corazón. Creí llorar y no lloré.

Juventud, divino tesoro

ya te vas para no volver,

cuando quiero llorar, no lloro

y a veces lloro sin querer.

Y ya en Barcelona, en la calle Tiziano, número 16, en una torre que tiene jardín y huerto, donde ver flores que alegran la vida y donde las gallinas y los cultivos me invitan a una vida de manso payés, he buscado un refugio grato a mi espíritu. Bajo el ala de serenidad de la brisa nocturna evoco mis días de Mallorca, sobre todo el de una tarde en que el poeta Osvaldo Bazil, se empeñó envestirme de cartujo. A los Sureda les supo bien la gracia y yo, en verdad, me sentía completamente cartujo, bajo el hábito que llevaba. Llegué a pensar que acaso era lo mejor y en donde hallaría la felicidad. Y llegué a soñar, a sentir, en mí, la mano que consagra y acerca hacia la paz de la vieja Cartuja. Y vi el púlpito de San Pedro, en Roma, donde yo diría un rosario de plegarias que sería mi mejor obra y que abrirían las divinas puertas confiadas a San Pedro. Quimeras, polvo de oro de las alas de las rotas quimeras, ¿por qué no fui lo que yo quería ser, por qué no soy lo que mi alma llena de fe, pide, en supremos y ocultos éxtasis al buen Dios que me acompaña? En fin, acatemos la voluntad suprema. De todo esto hablo en mi novela Oro de Mallorca y de otras cosas caras a mi espíritu que impresionaron mis fibras de hombre y de poeta.

En Barcelona he tenido días gratos y días malos. Aquí he admirado a Miguel de los Santos Oliver, y al poderoso «Xenius». He vuelto a abrazar a mi querido Santiago Rusiñol y al gran Peyus, como familiarmente es llamado Pompeyo Gener. Con todos he evocado y vivido horas de arte de ayer y de hoy. Una de mis primeras visitas fue para el amigo de don Marcelino Menéndez y Pelayo y maestro carísimo. He nombrado a Rubió y Lluch. Y he dado la mano agradecida al abundante y digno amigo Rahola. Entre estos amigos que son, junto con aquel glorioso muerto, con aquel poeta de la vaca ciega que se llamó Juan Maragall, con esos amigos y recuerdos de amigos catalanes, formo mi torre de mental esparcimiento. Gracias doy a la excelencia catalana por la paz que me ofrece la tierra del inmortal Mosen Cinto.

¿Y por qué no decir de mi visita a los grandes talleres tipográficos del excelente amigo don Manuel Maucci, si ella fue para mí grata y despertadora de recuerdos de otras épocas mías? Mis doradas bohemias tenían un eco bajo las paredes de la colosal empresa que ha levantado la voluntad triunfadora de un hombre, de Italia, de ese amigo Maucci que ha sabido modernizar los hierros y la acción de su casa hasta darle un empuje que asombra y una importancia que yo aplaudo de veras. Mientras estuve allí, pensé en mis Raros y en una traducción de una novela que firmé en gracias a la adorada bohemia y de la cual no me quiero acordar. Pero todo esto tiene un gran encanto y bajo los recuerdos, me sonrío y acaso suspiro. Maucci sigue en su amable charla introduciéndome por amplios corredores, explicándome la aplicación de máquinas modernas y la distribución de labores. Y en cada departamento hay millones de libros. Cuando oigo la palabra millones abro los ojos y miro asombrado a un lado y a otro. Estoy encantado de la visita, pero ya es hora de partir. El automóvil de Maucci me conduce a mi torre. Y aquí quedo pensando en la obra que realiza esa voluntad de hierro y una consagración de héroe. Pero me distrae de mi pensar en prácticas acciones un vuelo de ave que pasa y me quedo abstraído en la contemplación de una estrella que aparece en el vasto cielo azul.

FIN